어싱광장에서
만난 사람들

어싱광장에서 만난 사람들

초판 1쇄 발행 2024년 12월 25일

지 은 이   김영철
발 행 인   권선복
편   집   권보송
디 자 인   김소영
전 자 책   서보미
마 케 팅   권보송
발 행 처   도서출판 행복에너지
출판등록   제315-2011-000035호
주   소   (157-010) 서울특별시 강서구 화곡로 232
전   화   0505-613-6133
팩   스   0303-0799-1560
홈페이지   www.happybook.or.kr
이 메 일   ksbdata@daum.net

값 22,000원

ISBN 979-11-93607-67-1 (03810)

도서출판 행복에너지는 독자 여러분의 아이디어와 원고 투고를 기다립니다. 책으로 만들기를 원하는 콘텐츠가 있으신 분은 이메일이나 홈페이지를 통해 간단한 기획서와 기획의도, 연락처 등을 보내주십시오. 행복에너지의 문은 언제나 활짝 열려 있습니다.

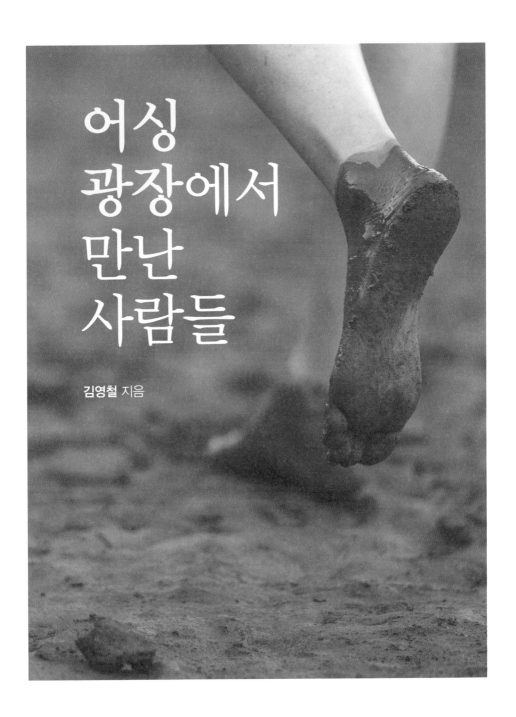

어싱
광장에서
만난
사람들

김영철 지음

도서
출판 **행복에너지**

"어싱이 뭐우꽈?"

사람들이 내게 묻는다. 사실 따지고 보면 나도 황토 어싱광장을 시작하기 전까지는 '어싱(Earthing : 맨발로 땅을 걷는 짓)'이란 말이 익숙하지 않았다. 그런데 이제는 내 인생에서 어싱을 빼고는 생각할 수 없게 된 것이 그저 놀랍고 신기할 뿐이다. 황토 어싱광장을 통해 내 인생은 크게 달라졌다. 어싱광장은 나의 33년 공무원 인생을 잘 마무리할 수 있게 해 주었고, 앞으로 펼쳐질 새로운 세계를 향해 도약할 수 있는 힘을 주었다.

서귀포시 '숨골공원 황토 어싱광장'을 만들고 가꾸면서 자연의 놀라운 섭리를 느낀다. 그저 고운 황토 위를 맨발로 걸었을 뿐인데 암이나 고혈압, 당뇨병이 치료됐다는 이용객들의 기적 같은 경험담을 들을 때마다 놀란 적이 한두 번이 아니었다. 그 외에도 아토피 피부염이나 불면증 환자들에게도 좋은 효과가 있다고 경험자들은 입을 모아 말한다. 그래서인지 요즘 어싱광장을 찾는 사람들이 나날이 늘어나고 있다. 나도 몸이 피곤할 때 어싱광장에서 맨발로 걷고 나면 잠을 푹 자게 되어 다음 날 몸이 개운해져서 일어나곤 한다.

황토 어싱광장은 몸을 건강하게 해 주기도 하지만, 마음을 치유하는 효과가 있다. 『맨발혁명』의 저자 권택환 교수의 말에 따르면 맨발걷기는 지구와의 접촉을 통해 자연전자를 유입하고, 정전기를 제거해서 천연의 항산화 작용과 면역체계를 강화시킨다고 한다. 그뿐만 아니라 맨발걷기 명상은 정서적 안정에도 큰 도움을 준다고 한다. 그야말로 황토 어싱은 몸과 정신의 건강을 지켜주는 '지킴이'인 셈이다.

황토 어싱광장이 서귀포 시민들에게 사랑을 받기 시작하면서 언제부터인가 동네 사랑방으로 자리 잡게 되었다. 어싱광장에서는 할아버지·할머니와 어린 손자, 아들·며느리까지 3대가 자연스럽게 같이 어울려 대화를 나누며 맨발걷기를 하는 모습을 자주 보게 된다. 그야말로 요즘은 쉽게 찾아볼 수 없는 희귀한 광경이다. 그 모습을 볼 때마다 나는 마음이 따스해지면서 흐뭇하다. 그뿐만 아니라 같은 아파트에 살면서 무심하게 눈인사만 하고 지내던 사람들이 어싱광장에서 우연히 만나면 먼 타국에서 고국 사람을 만난 것처럼 반갑게 달려가 인사를 나눈다. 얼마나 정겨운 광경인가. 공익 광고에서나 볼 수 있었던 장면들이 내 눈앞에서 실제로 이루어지는 것을 볼 때 놀랍고 감격스럽다. 사실 이런 광경은 황토 어싱 광장을 만들기 시작할 때 내가 막연하게 꿈꾸던 모습이었다.

나는 지난 31년 동안 토목직 공무원으로서 일하면서 나무를 자르고 땅을 파헤치는 도로, 교량 등 건설 업무를 주로 담당했다. 그런데 정년퇴직을 앞둔 마지막 2년은 그동안 속살을 파헤친 자연에 미안한 마음을 보답이라도 하듯 나무를 심고 가꾸고 보존하는 일을 하게 됐다. 벌꿀의 원천이 되는 나무 밀원수를 심는 사업과 아파트나 학교에 화단을 만들어주는 화단조성사업 등 주민들의 환경을 푸르게 만들어주는 일들에 정성을 쏟았다. 그런 과정에서 황토 어싱광장을 만들게 됐고, 인근 감귤길공원 안에 500여 본의 하귤나무를 심어서 이용객들이 제주의 정취를 만끽하면서 산책을 할 수 있도록 만들었다. 나의 정성을 통해 만들어진 시설들을 주민들이 맘껏 즐기며 건강을 회복해 가는 모습을 보며 나는 33년 공직 생활 중에서 가장 큰 보람과 행복을 느꼈다.

고등학교 토목과에 입학했던 첫날, 담임선생님이 하셨던 말씀이 지금까지 잊히지 않는다.

"토목기술자는 지구 표면을 개조하는 외과 의사와 같다. 그러니 너희들은 자긍심을 가지고 살아도 돼. 알겠지?"

그때는 선생님의 말뜻을 제대로 이해하지 못했다. 그 자긍심의 의미를 인생 후반에 들어서야 조금 알 것 같다.

'숨골공원 황토 어싱광장'이 TV 매체나 SNS를 통해 알려지면서 나는 황토 어싱광장의 관리인 겸 홍보대사가 되었다. 처음에는 서귀포시 시민들의 건강 증진을 위한 곳으로 기획해서 만든 공간이었는데, 요즘은 전국에서 오는 관광객들에게도 꼭 들러보고 싶은 명소가 됐다고 누군가 귀띔해 주었다. 나로서는 많은 사람에게 도움이 된다고 하니 기쁘고 고마운 일이다.

"돈을 잃으면 조금 잃은 것이요, 명예를 잃으면 많은 것을 잃은 것이며, 건강을 잃으면 전부를 잃은 것이다"란 말이 있다. 건강은 그만큼 우리 삶에서 중요하다. 사람들에게 소중한 건강을 지킬 수 있게 돕는 일이라고 생각하면, 한여름 30도가 오르내리는 뙤약볕에서 땀 흘려 황토를 고르고 다지는 일조차 보람 있고 의미 있는 일이 된다.

우리가 살면서 만나는 사람의 수는 얼마나 될까? 어느 사회학자는 3,500명 정도라고 주장했다. 실제로 많을 것 같지만 따지고 보면 그리 많지 않다. 게다가 나이가 들면 그 많던 친구나 지인들도 정리가 되고, 만나는 사람은 급격하게 줄어든다. 그런 관점에서 보면 나이가 들어서 새로운 사람들을 만나는 것은 뜻깊은 일이다. 우리는 아무리 능력이 뛰어나도 혼자 살 수 없다. 사람들과 어울려 울고 웃으며 살아가는 것이 우리의 인생이다.

하루에 300~400명의 사람이 이용하는 황토 어싱광장을 관리하면서 나는 많은 사람을 만났다. 이상하게도 어싱을 하다 보면 처음 만나는 사람들과 자연스럽게 인사를 나누는 것이 수월하다. 어제까지는 타인이었던 사람들이 어느 순간에 나의 마음속으로 훌쩍 들어오기도 한다. 함께 맨발로 걷는다는 것이 좋은 매개체 역할을 해서 그런 것 같다. 10년 넘게 산 아파트 옆집에도 누가 사는지 모르는 요즘 세상에서, 만난 지 몇 분 만에 속 깊은 얘기를 나누며 공감한다는 것은 참으로 놀라운 일이다. 그분들의 이야기에 귀 기울이며 나는 겸손한 마음으로 내 인생을 돌아보게 된다. 그리고 인생을 살면서 가장 중요한 것이 무엇인지 다시금 되새기게 된다.

겉으로는 행복해 보이지만 알고 보면 누구에게나 각기 이고 지고 가는 삶의 짐들이 있다. 주어진 아픔과 상처를 감싸 안으며 이겨낸 영롱한 진주처럼, 우리 안의 상처 자국들은 그래서 고귀하고 소중한 전리품 같다. 나는 황토 어싱광장에서 만나는 사람들을 통해 그들의 보석 같은 인생의 지혜를 배운다.

이 책은 황토 어싱광장이 탄생하게 된 배경과 쉽지 않았던 조성 과정, 그리고 그곳에서 만난 이들과 나눈 아름다운 '사람 사는 이야기'를 담아낸 책이다.

부족하지만 지금까지 33년간의 공직생활을 마무리하면서 삶의 후배들에게 무언가를 선물하고 싶은 마음이 생겼다. 그래서 내 인생의 작은 발자국을 조심스럽게 남겨보기로 했다. 이 책에 담긴 나의 이야기를 통해서 누군가 단 한 사람이라도 그의 삶에 작은 도움이 될 수 있다면 내 선물의 값어치는 충분할 것 같다.

이 책을 만드는 데 처음부터 끝까지 애쓰고 도와준 나의 아내 이영미, 그리고 다듬어지지 않은 초고를 보고도 응원해준 아들 수범과 딸 주원, 나에게 어싱광장을 만들도록 계기와 힘을 실어준 이종우 전 시장님과 오순문 시장님, 공원녹지과 직원들, 그리고 책 편집 작업을 도와준 최은숙 작가에게 고마운 마음을 전한다.

오순문 _현 서귀포시장

숨골공원 황토어싱광장은 서귀포의 커다란 자산이자, 시민들의 건강 증진을 위해 꼭 필요한 시설입니다. 이런 훌륭한 시설을 잘 지키고 관리하는 일은 매우 중요한 일일 것입니다. 김영철 과장님은 지금까지 그 일을 누구보다도 훌륭하게 잘 수행해주셨습니다. 그 수고에 항상 감사한 마음을 오래 간직하겠습니다. 이 책은 한 사람의 공직자가 시민들의 필요를 잘 파악해서 성공적으로 프로젝트를 완성해가는 과정을 그린 책입니다. 이 책을 통해서 시민들과 공무원의 소통의 창구가 더 활짝 열리길 기대해봅니다.

이종우 _전 서귀포시장

김영철 과장의 퇴임 소식에 아쉬움과 만감이 교차하면서도 새로운 인생 출발을 응원하며 출판을 진심으로 축하드립니다. 저는 기회 있을 때마다 "이거니 저거니 해도 건강이 최고우다"라고 강조했었습니다. "청정 건강 도시 행복 서귀포시"의 상징인 숨골공원 황토어싱(earthing) 광장은 김영철 과장의 아이디어에서 출발해 완성된 공간입니다. 황토에서 뿜어져 오는 지구의 숨결이 발끝에 닿아 그곳을 거니는 모든 사람이 자연과 하나로 연결되는 특별한 경험을 합니다. 이처럼 자신에게 주어진 일이라면 작은 일에서도 위대함을 보여주는 김영철 과장의 깊이 있는 통찰이 이 책에 오롯이 담겨 있습니다. 그의 경험과 지혜는 마치 오래된 나무의 나이테처럼 한 겹씩 쌓여 독자에게 삶의 깊이를 전달합니다. 마치 '인생을 어떻게 살 것인가'에 대한 정답을 말해주는 듯합니다.

권택환 _대구대학교 교수, 대한민국맨발학교 교장

이 책은 서귀포시 '숨골공원 황토 어싱광장'을 탄생시킨 김영철 과장님의 아름다운 이야기입니다. 시민을 사랑하는 마음에서 시작된 황토 어싱광장은 이제 시민들로부터 큰 사랑을 받는 맨발 명소이며 제주를 찾는 관광객들에게도 머무르고 싶은 곳이 되었습니다. 어싱광장의 자세한 조성과정과 몸과 마음의 건강을 되찾는 따뜻한 사람들의 이야기 속으로 독자 여러분을 초대합니다. 귀한 책을 출판하게 됨을 진심으로 축하드리고 응원합니다.

양복만 _더희망코리아 제주맨발학교 교장

이 책은 황토 어싱광장을 찾은 다양한 이들의 삶을 섬세하게 담아낸 따뜻한 이야기입니다. 서로 다른 길을 걸어온 사람들이 황토 위에서 마음을 열고, 자신의 이야기를 나누며, 때로는 상처를 보듬고 함께 성장하는 모습은 마치 우리가 살아가는 여정을 비추는 거울 같습니다. 그들의 이야기는 단순한 일상이 아닌, 우리 모두에게 위로와 공감을 선사하며 잊고 있던 삶의 깊은 의미를 다시금 떠올리게 합니다.

저자의 진심 어린 문장들은 독자의 마음을 부드럽게 두드리며, 자신을 돌아보게 만드는 힘을 지녔습니다. 공직에서 쌓아온 지혜와 경험이 배어 있는 이 책은 우리에게 새로운 길을 제시하며, 더 나은 삶을 위한 나침반이 되어 줄 것입니다.

황토어싱을 통해 자연과 연결되고, 그 안에서 만난 사람들의 이야기를 따라가다 보면, 어느새 잃어버린 마음의 평화와 자연 속에서의 치유를 경험하게 될 것입니다.

정달호 _전직 외교관

황토 어싱광장을 걷다가 서귀포시청 공원녹지과 담당 공무원을 만났습니다. 그는 장마 후 염천에 흙이 너무 메말라서 스프링클러 장치 가동을 보살피는 중이었습니다. 그가 바로 김영철 과장이었습니다. 서귀포시가 시민을 위한 행정에 앞장서고 있다는 것을 그를 통해 알게 됐습니다. 건강과 행복이 인간의 삶에 있어 가장 중요한 두 가지라고 한다면 우선 건강해야 행복할 수 있습니다. 황토 어싱광장은 서귀포 시민이 건강을 위한 획기적인 프로젝트라고 생각합니다. 이 책에 실린 시민들의 이야기처럼 황토 어싱광장을 통해 더 많은 사람들이 건강과 행복을 찾기를 기대해봅니다.

현달환 _졸바로제주걷기협회

서귀포시의 새로운 관광명소, 황토 어싱광장은 한 공직자가 30여 년간 부지런히 일하면서 이루어낸 마무리 노력의 결실입니다. 비가 오나 눈이 오나 항상 어싱광장을 우선으로 생각하며, 건강과 치유의 놀이터를 만들어낸 그의 열정은 많은 이들에게 감동을 줍니다.

이 책은 건강을 지키기 위해서는 부지런함과 성실함이 매우 중요하다는 것을 알게 해줍니다. 독자들은 자연이 주는 위안과 치유의 힘을 경험하며, 삶의 새로운 의미를 발견할 수 있을 거라고 기대합니다. 페이지를 넘길 때마다 어싱을 경험하고, 인생에 대한 깊이 있는 성찰의 시간도 가질 수 있습니다.

오형욱 _서귀포시산림조합장

사람들에게 잘 알려지지 않은 숨골(저류지)을 제대로 숨을 쉬게 하면서 시민의 건강을 위한 명소로 탈바꿈시킨 김영철 과장의 땀과 열정이 이 한 권의 책에 담겼습니다. 뜨거운 햇볕 아래에서 패랭이 모자를 쓰고 황토 바닥을 정리하던 그의 모습이 눈에 선합니다. 한 사람의 성실한 노력으로 많은 서귀포 시민들이 혜택을 받을 수 있으니 감사한 일입니다.

이 책을 통해서 맨발걷기의 놀라운 효과에 대해서 배우고 익히게 됐습니다. 황토 어싱광장이 더 많은 이들에게 알려져 시민들의 몸과 마음의 힐링 공간이 되길 기대해봅니다.

한상희 _서귀포여자중학교 교감, 『4 · 3이 나에게 건넨 말』 저자

저자는 아침마다 어싱광장에 가서 이곳을 찾는 사람들의 불편함이 없는지 늘 살핍니다. 많은 사람이 어싱광장에서 서로 반갑게 인사를 나누며 모두가 이웃이 됩니다. 그는 사람들을 그렇게 맞이했고, 그곳에서 만난 사람들의 이야기를 책으로 엮었습니다.

이 책은 공직자와 시민이, 자연과 사람이, 사람과 사람이 어떻게 존재 그 자체로 만나게 되는지 보여줍니다.

어싱광장에서 만난 사람들의 우정과 환대, 애환과 연민은 이 책을 읽는 우리 모두의 이야기이기도 합니다. 황토에서 만난 사람들의 삶을 따뜻하게 그려낸 저자의 노고에 깊이 감사드립니다.

나는 아름다운 나비(2024 어싱광장 사진공모전 장려상_양시준)

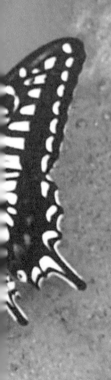

CONTENTS

[Part 3]
어싱광장에서 만난 사람들

[Part 4]

어싱광장을 가꾸는 남자

쇠갈퀴(레기)는 언제부턴가 나의 친구가 되어버렸다

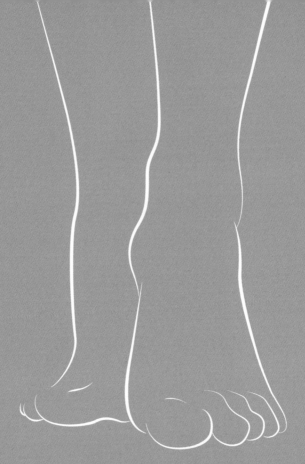

Earthing

Part 1

어싱광장
아이디어

01

시민 건강 증진 사업을
찾아라!

"과장님. 뭐 하세요?"

A3용지를 탁자에 펼쳐놓고 연필로 마인드맵을 그리고 있던 나에게 공원녹지팀 김가현 주무관이 다가와 물었다.

"어…?"

나는 그제야 깊은 생각의 늪에서 빠져나와 그리던 동작을 멈추고 김 주무관을 쳐다보았다.

"점심 식사하러 가셔야죠?"

"아, 먼저 가. 난 하던 거 정리 좀 하고 갈게."

"식사는 제때 하시고 일하세요."

"알았어. 걱정하지 말고 다녀와."

김 주무관이 나가고 나서 나는 다시 고민에 빠져들었다. '서귀포 시민들의 건강 증진을 위해 어떤 사업을 하면 좋을까?' 내 생각은 온통 그 한 가지에 집중되어 있었다.

시장님으로부터 특명이 내려온 것은 내가 공원녹지과장으로 보직을 받고 나서 얼마 되지 않은 2023년 1월 21일이었다. 부서별로 시민 건강 증진을 위한 사업을 발굴해서 보고하라는 내용의 공문이었다. 이종우 시장님은 취임하면서부터 시민의 건강 증진에 대해 깊은 관심을 보였고, 다른 공약 사항보다 가장 우선시했다. 이런 배경으로는 서귀포 시민의 저조한 건강성적표가 한몫했다.

서귀포 시민은 비만율이 전국 1위였고, 청소년 비만율 역시 전국 1위였다. 게다가 걷기 실천율은 전국 9위로서 건강지표가 전국 최하위 수준이었다. 사실 이 결과를 보고 나 역시 충격을 받았다. 올레길과 각종 산책로가 잘 조성되어 있고, 아름다운 바다 풍경과 따뜻한 날씨 때문에 전국에서 가장 살고 싶은 곳으로 손꼽히는 서귀포시가 아니던가. 그런데 그곳에서 사는 시민들의 건강지표가 이렇게 저조하다는 것이 나로서는 쉽게 이해가 되지 않았다.

어쨌든 시장님으로부터 특명이 떨어졌으니 공원녹지과장인 나로서는 건강 증진을 도모하는 사업을 발굴하는 게 급선무였다. 나는 점심시간에 사무실 부근을 산책하며 시간을 보냈다. 걸으면 생각이 맑아지고 기분도 개운해져서 복잡한 사안이 생기면 나는 산책하면서 생각하는 습관이 있었다.

산책 중에 불현듯 언젠가 아내와 함께 등산했던 계족산이 떠올랐다. 계족산은 대전시 대덕구 장동에 위치한 산인데, '맨발걷기의 성지'라고도 불리는 곳이었다. 이곳에는 등산로 일부 구간 한편에 황톳길을 조성해 놓아서 등산객들이 그 구간에서는 신발을 벗고 맨발로 황톳길을 걸을 수 있었다. 황톳길을 걷고 나면 발을 씻는 수도 시설까지 깔끔하고 편리하게 잘 갖춰져 있어서 어른이나 아이 할 것 없이 많은 이들이 이곳을 찾았다.

나도 다른 사람들이 하는 것처럼 신발을 벗고 황톳길을 걸어보았다. 놀랍게도 맨발에 황토가 닿는 느낌은 부드럽고 신선했다. 황톳길 걷기의 효능에 대한 안내 팻말을 읽고 나서인지 내 몸이 건강해지는 느낌이었다.

"생각보다 황토가 부드럽고 좋네요."

아내도 새로운 경험에 만족스러운 듯 질척이는 황톳길을 걸으며 즐거워했다.

"그러게. 이런 걸 좋아하는 사람들이 많네."

"요즘 어싱이 유행이잖아요. 이게 그렇게 건강에 좋대요. 제 주변에도 작정하고 어싱하는 사람들이 정말 많아요."

오랜만에 우리 부부는 손을 잡고 황톳길을 걸으며 행복한 시간을 보냈다. 그때 나는 우리 서귀포시에도 이런 곳이 있으면 참 좋겠다는 생각을 했었다.

'그래, 황톳길 어싱 산책로! 바로 그거야!'

나는 드디어 서귀포시 시민들의 건강 증진을 위한 첫 실마리를 찾았다.

어싱에 대해서 내가 관심을 두게 된 것은 제주도청에 근무할 때 그 당시 부서장이었던 안우진(전 제주시 부시장)과 같이 주말마다 산행을 하면서부터였다. 그 당시 나와 안우진 부서장은 아내들이 직장 때문에 외지에 떨어져 생활하던 중이라서 틈틈이 시간이 날 때마다 홀아비들(?)끼리 산행을 함께하곤 했었다. 그때 처음으로 맨발로 걷는 어싱을 했었는데 굉장히 새로운 경험이었다. 발은 우리 몸의 모든 장기와 연결되어 있다고 하는데 그때 맨발로 걸으면서 실제로 몸이 가벼워지는 것을 느꼈다. 나는 그때의 경험을 오랜만에 다시 떠올렸다.

빗물저류지의
새로운 활용법

"공원관리팀! 다들 잠깐 모여 봐."

나는 직원들을 회의 테이블로 불러 모았다.

"시민 건강을 증진할 수 있는 뭐 좋은 아이디어 좀 생각해 봤어?"

"……."

직원들은 난감한 표정으로 말없이 서로 얼굴만 바라보았다.

"나한테 한 가지 아이디어가 떠올랐는데 말이야, 시민들을 위한 황톳길 어싱 산책로를 만들어 보면 어떨까?"

"황톳길요?"

직원들은 뜨악한 표정으로 서로를 바라보았다.

"요즘 어싱이 유행이잖아. 맨발로 황톳길을 걸으면 건강에 큰 도움이 될 거야. 내가 예전에 계족산 황토 산책로를 걸어 봤는데 아주 좋더라고. 우리 서귀포시에도 그런 길을 만드는 거야."

"황톳길이 좋다는 건 알아요. 하지만 그걸 만들려면 공간이 필요한데 어디에다 만들 수 있을까요?"

사무실에서 딱 부러지는 성격으로 일을 꼼꼼하게 잘하는 직원이 질문을 던졌다.

"그러니까 이제부터 방법을 찾아보자는 거지. 우선 가까운 곳에 있는 혁신도시 내 공원부터 시작해서 구도심권에 있는 공원을 같이 탐방해 보자고. 가능 여부는 그때 나눠도 늦지 않아."

나는 줄자를 챙겨 들고 직원들과 함께 황톳길을 조성할 만한 산책로 탐방에 나섰다. 그런데 막상 서귀포시 혁신도시에 있는 다섯 개 공원의 산책로를 탐방해 보니 나의 예상과 현실은 매우 달랐다. 토목직으로 잔뼈가 굵은 나의 눈에 이런저런 문제점들이 들어왔다. 우선 공원 안에 있는 좁은 산책로 일부 구간을 황톳길로 조성하게 되면 중장비 진·출입과 황토 운반 등에 문제가 생길 수 있었다. 그리고 사후 유지관리에 어려움이 예상됐다. 무엇보다 집중호우 때에 황토가 인근 지역으로 쓸려 내려갈 가능성이 컸다. 그뿐만 아니라 바람이 많은 제주의 특성상 황토 먼지가 인근으로 날아갈 가능성도 있었다. 그로 인해 민원이 들어오면 어렵게 만든 황톳길이 애물단지가 될 수도 있었다. 할 수 없이 공원 산책로를 활용하겠다는 생각을 접고 나니 장소 선정 문제가 발목을 잡았다. 점심을 먹고 나서 막막한 심정으로 산책하던 나는 문득 우리 사무실 근처에 있는 빗물저류지가 떠올랐다.

빗물저류지는 태풍이나 집중호우로 인한 침수 피해를 예방하기 위해 물이 흘러가 고일 수 있도록 만든 일종의 큰 웅덩이었다. 한국토지주택공사(LH)에서 혁신도시 건설사업을 시행하면서 세 개의 빗물저류지를 만들었다. 내가 빗물저류지에 대해서 관심을 갖게 된 것은 2021년에 서귀포시 안전총괄과장으로 근무하면서부터였다. 그 당시 내가 담당했던 업무 중 하나가 빗물저류지 신설 및 유지관리 업무였는데, 어떻게 하면 빗물저류지를 좀 더 효율적으로 관리할 수 있을지 그 방안을 찾는 것이 나의 일이었다. 사실 빗물저류지는 집중호우 때에만 일시적으로 활용되는 공간이었기 때문에 평소에는 거의 방치되는 경우가 많았다. 그래서 나는 근무하는 내내 이 공간을 잘 활용할 방법을 찾기에 골몰했다. 그러다가 주민 생활권과 인접한 도심지 인근에 있는 빗물저류지 바닥에 족구장이나 배드민턴장을 만들어서 주민들이 생활체육을 할 수 있는 공간으로 사용하면 좋겠다는 아이디어를 낸 적도 있었다.

빗물저류지에 대한 나의 관심은 대학원 졸업 연구과제에도 그대로 반영됐다. 학부에서 토목과를 전공한 나는 좀 더 깊은 공부를 하고 싶은 열의로 뒤늦게 제주대학교 산업대학원 토목공학과에 입학했다. 퇴근 후 부랴부랴 김밥을 사서 먹으며 학교로 달려가 늦은 시간까지 수업을 듣고 집으로 돌아오면 파김치가 되기 일쑤였다. 수시로 제출해야 하는 리포트도 힘겹긴 했지만, 나의 학구열을 막지는 못했다. 나는 대학원 졸업연구과제로 〈서귀포시 우수저류지의 효율적 관리 방안〉이라는 주제를 선정해서 연구했다. 그렇다 보니 빗물저류지는 나와 떼려야 뗄 수 없는, 인연이 깊은 관심사였다.

나는 당장 혁신도시 내에 있는 세 개의 빗물저류지를 탐방하기 시작했다. 그중에서 숨골공원 빗물저류지가 황톳길로 조성하기에 가장 적합하다고 판단했다. 숨골공원은 주민들이 접근하기 쉬운 도심 한가운데 자리 잡고 있었고, 말 그대로 사람의 뇌 가운데 숨구멍 같은 모양이어서 물이 잘 빠지는 곳이었다. 순간적으로 집중호우가 내려도 물이 들어찼다가 곧 한두 시간 만에 빠졌기 때문에 다른 빗물저류지와 달리 항상 바닥이 말라 있었다. 게다가 한쪽은 지대가 낮고 다른 한쪽은 높은 편이라서 높은 곳을 잘 활용하면 일 년 내내 물에 잠길 걱정 없이 빈 땅을 활용할 수 있었다. 안전총괄과장으로 근무하면서 터득한 나의 경험과 지식이 이런 상황에서 큰 도움이 되었다.

평소에 숨골공원 빗물저류지는 무성한 잡초와 잡목, 덩굴로 덮여 있었다. 그곳을 정비하기 위해 1년에 서너 번씩 수천만 원의 예산을 쓰고 잡초 제거를 하는데도 불구하고 도시 미관을 해치는 건 어쩔 수 없었다.

빗물저류지를 활용하게 되면 이전에 고민했던 중장비 진·출입 문제와 황토 운반 문제가 해결된다. 또한, 분화구처럼 움푹 들어간 장소이고 보니 황토가 쓸려 내려가거나 바람에 날리는 문제도 해결할 수 있었다. 이곳을 정비한 후 황톳길을 만들어서 많은 시민이 사용한다면 자연히 도시 미관 문제도 해결될 테니 아무리 생각해 봐도 이보다 더 좋은 방법은 없을 듯싶었다. 그때부터 나는 틈만 나면 숨골공원 빗물저류지에 가서 이런저런 구상을 하기 시작했다. 빗물저류지를 빙둘러서 걸으며 황톳길 산책로를 어떤 식으로 만들면 좋을까를 구상하는 것이 나의 일과가 되었다.

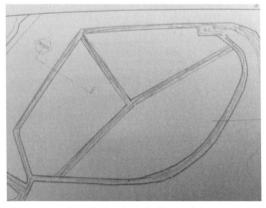

어싱광장 아이디어 스케치

나는 사무실 책상에 앉아 흰 종이 위에 둥근 타원형을 빙 둘러 그려보았다. 숨골공원 빗물저류지에 산책길을 그려본 것이다. 그러다가 타원형에 가로세로 십자가처럼 줄을 그려 넣어 보기도 했다. 산책로를 가로지르는 길을 가운데 내면 어떨까 싶어서였다. 하지만 수년간 토목공사를 해온 나의 경험으로 볼 때 그 공사는 생각보다 쉽지 않을 것 같았다. 특히 빗물저류지이다 보니 비가 오면 가운데 길이 물에 잠길 가능성도 높았다.

'아니 아니야.' 나는 고개를 저으며 타원형 줄과 십자 줄을 볼펜으로 썩썩 그어 지워버렸다. 그러고는 다른 새 종이를 꺼내 다시 한쪽에 둥근 원을 그려보았다.

'산책로를 할 게 아니라 아예 한쪽을 돋워서 황토로 다 채워 넣으면 어떨까……?'

어느 순간, 불현듯 떠오른 새로운 아이디어에 나는 무릎을 탁, 쳤다.

"그래, 이거야! 황토로 가득 채운 어싱광장!"

나는 그제야 긴 고민의 답을 찾은 듯 컴퓨터 앞에 앉아 그동안 모아둔 자료들을 차곡차곡 첨부해서 시장님께 올릴 보고서 초안을 만들기 시작했다.

잡초가 무성한 숨골공원 빗물저류지

통과된 기획안,
그 첫걸음

드디어 보고서를 완성한 나는 크게 심호흡을 한 후 시장실로 향했다. 시장실로 걸어가는 나의 마음은 긴장되고 무거웠다. 기획안에서 공사비는 1억 원 정도로 책정했다. 시장님의 정책 방향에 따라 어떤 반응을 보이실지 전혀 예측할 수가 없었다. 잘못하면 공사비로 인해 자칫 책망을 들을 수도 있는 상황이었기에 입안이 바짝 말랐다. 비서실을 지나 시장실 문을 노크하자 안에서 들어오라는 시장님의 목소리가 들렸다.

"시민 건강 증진 방안에 대한 보고서입니다."

"아! 그래?"

책상 앞에 앉아 다른 서류를 보고 있던 시장님은 기대에 찬 표정으로 내가 전해 주는 보고서를 건네받았다. 보고서를 자세히 들여다보던 시장님이 밝은 표정으로 말했다.

"음, 빗물저류지를 활용한다……? 좋은 생각이네. 그런데 황토를 까는 것까지는 좋은데 유지관리 문제가 괜찮겠어?"

"네, 어차피 빗물저류지라서 유지관리 문제는 거의 없을 것으로 예상합니다. 산책로가 아니라 광장이니까요. 비가 와도 유실될 걱정을 하지 않아도 됩니다. 제 생각에는 굳이 문제라면 황토를 깔 때 예산이 좀 더 들 수 있지 않을까, 하는 정도입니다."

"그래? 그럼 됐네. 한번 적극적으로 추진해 봐."

"네, 알겠습니다."

시장실을 나오는데 함성이라도 지르고 싶은 심정이었다. 무거웠던 나의 발걸음은 깃털처럼 가벼워졌다. 시장님의 승인을 얻었으니 그야말로 천군만마를 얻은 것 같았다. 그동안 머릿속에서 생각해 온 것들을 실제로 만들어 볼 수 있다는 생각에 가슴이 뜨거워졌다.

"어떻게 됐어요? 과장님."

바짝 촉각을 세우고 기다리고 있던 부서 직원들이 자리로 돌아온 나를 보자마자 달려와 물었다.

"오케이!"

나는 손가락으로 동그라미를 그리면서 활짝 웃었다.

"와, 잘됐네요! 오늘 한턱내셔야겠어요. 하하."

"좋았어! 오늘 내가 저녁 쏜다!"

그동안 고생한 우리 부서 직원들은 그날 회식을 하며 함께 기쁨을 나누었다. 앞으로 산더미 같은 새로운 업무가 밀어닥 치겠지만, 오늘만큼은 기획안이 통과된 기쁨을 맘껏 누리고 싶었다.

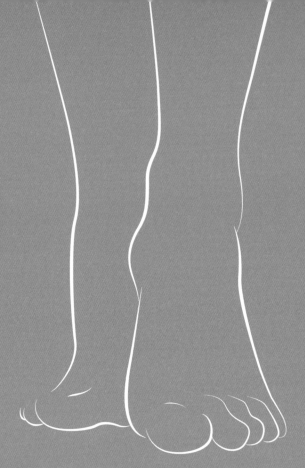

Earthing

Part 2

어싱광장
만들기

최고의
황토를 찾아서

결재 승인이 떨어지자 우리 부서는 갑자기 바빠졌다. 나는 황토 어싱광장 공사를 위해 구체적인 설계를 시작했다. 남제주군청과 제주도청에서 토목직 공무원으로 근무했던 나였기에, 설계 작업은 매우 익숙한 일이었다.

먼저 숨골공원 빗물저류지에 황토 어싱광장을 만들 위치를 선정하고, 어싱을 하고 난 후에 발을 씻을 수 있는 세족장의 위치를 선정했다. 그리고 이용객들에게 좀 더 다양한 경험을 제공하기 위해 어싱광장 한쪽에 '톱밥 촉감 체험장'과 '몽돌 발마사지 체험장'을 추가로 설치하기로 했다. 모든 설계가 완성되자 곧바로 공사 발주 작업에 착수했다. 내가 총무과에 공사 발주 의뢰를 하면 총무과에서는 입찰을 시행한다. 입찰공고를 내서 업체를 선정하게 되면 총무과에서는 다시 우리

과로 통보해 준다. 다행히 선정된 업체가 작업장인 숨골 빗물 저류지와 가까운 곳에 위치한 회사여서 나는 내심 잘됐다고 생각했다. 아무래도 시공회사와 공사장이 가까우면 여러모로 작업하기가 수월하기 때문이다. 공사가 시작되자 모든 과정이 일사천리로 진행됐다. 오랫동안 토목공사를 설계하고 수주하고 감독했던 나의 경험들이 빛을 발하는 순간이었다.

황토광장을 건설하는 작업 중에서 가장 중요한 일은 좋은 황토를 찾는 일이었다. 아쉽게도 제주 지역은 대부분이 화산토라서 황토가 거의 없었다. 제주도 서부 일부 지역에 황토밭이 있긴 했지만, 판매용으로 황토를 생산하고 있지는 않았다. 그래서 나는 어쩔 수 없이 육지에서 황토를 공수해 와야만 했다. 이런저런 경로를 통해 전국에서 황토가 좋다는 곳을 열심히 조사하기 시작했다. 그 결과 경기도 이천, 전라도, 충남 보령 등의 황토가 좋다는 정보를 얻었다.

그러던 중에 '보령황토'라는 황토 전문 유통업체 한 곳을 찾게 됐다. 나는 일단 그 회사로 전화를 걸어서 대표와 통화했다. 그의 굵직한 목소리에는 황토에 대한 자부심이 은연중에 묻어났다. 나는 그에게 황토의 색상과 규격별로 샘플을 먼저 보내달라고 요청했다. 곧 샘플이 도착했고, 샘플을 본 나는 매우 만족스러웠다. 내가 예상했던 것보다 훨씬 질이 좋은 황토였기 때문이다. 직원들과 같이 샘플 하나하나를 세심하게 살펴보면서 의논한 끝에 가장 부드러운 2.5mm 황토로 최종 결정했다. 가격이 다소 비싸긴 했지만, 이용객들이 가장 만족할 만한 황토 광장을 만들고 싶었기에 과감하게 투자하기로 결정한 것이다.

보령황토 규격별 샘플

황토를 선정하고 나니 황토를 제주도로 옮기는 문제가 남았다. 바다 건너 육지에서 적지 않은 흙을 가져와야 하니 그 운송 과정이 여간 까다로운 것이 아니었다. 결국, 1톤의 흙을 담은 대형 마대를 대형 덤프트럭에 실어서 배로 운반하기로 했다. 전체 황토의 양은 307톤. 그야말로 어마어마한 양이었다. 어싱하는 사람들이 발을 다치지 않고 황토를 충분히 즐기기 위해서는 황토를 두껍게 깔아야 했고, 그만큼 많은 양의 황토가 필요했다.

02

갑작스러운 시련,
멈출 수 없는 전진

공사 현장을 뛰어다니며 한창 바쁘게 지내던 어느 날, 나에게 뜻하지 않은 사고가 생겼다. 나는 제주시 집에서 서귀포시 사무실까지 한 시간 넘게 직행버스를 타고 출퇴근하고 있었다. 그런데 어느 날, 출근길에 버스를 놓치지 않으려고 뛰는데 갑자기 오른쪽 종아리에서 딱, 하는 소리와 함께 극심한 통증이 느껴졌다. 하지만 일단 출근은 해야 하니 아픈 다리를 끌고 겨우 버스에 올라탔다. 다행히 의자에 앉고 나니 조금 참을 만했다. 그런데 문제는 버스에서 내리면서부터였다. 안간힘을 쓰면서 조심스럽게 버스에서 내린 나는 정류장 의자에 앉아 꼼짝도 할 수가 없었다. 할 수 없이 사무실 직원에게 전화를 걸어 도움을 요청했다.

"여보세요?"

"아, 강 팀장. 난데 내가 다리를 좀 다쳤어. 지금 버스에서 내려서 월드컵경기장 앞 버스정류장인데, 미안하지만 차 갖고 여기까지 와서 나 좀 병원에 데려다줄 수 있을까?"

"예? 어쩌다 그러셨어요? 알겠어요, 잠시만 기다리세요!"

갑자기 다리를 다치고 나니 머릿속이 복잡해졌다. 할 일은 많은데 이게 무슨 봉변이란 말인가. 요즘 계속 일 때문에 저녁 늦게까지 무리를 해서 그런가, 하는 생각이 스치듯 지나갔다. 전화를 받은 강 팀장은 놀란 얼굴로 금세 차를 몰고 달려왔다. 강 팀장의 부축을 받아서 병원에 간 나는 접수를 하고 엑스레이 촬영 후 진료를 받았다. 의사는 '종아리 근육파열'이라고 진단하면서 다리에 깁스하고 3주 동안 목발을 짚고 다녀야 한다고 설명했다. 나는 암담했다. 지금 어싱광장 공사를 시작해서 한창 진행 중인데 다리에 깁스하고 어떻게 현장을 오간단 말인가. 공사 현장이 평지가 아닌 빗물저류지이다 보니 현장까지는 임시 계단을 이용해서 내려가야만 했다.

깁스하고 목발을 짚고 다니면서도 나는 하루도 병가를 낼 수가 없었다. 어싱광장 담당 직원은 신규직원이라서 공사의 세부 공정을 정확하게 이해하기는 어려웠다. 그러니 나중에 문제가 생길 여지를 없애기 위해서는 내가 직접 현장을 챙기면서 도와줘야 하는 상황이었다. 사실 공원녹지과에서 토목직은 나 혼자이다 보니 이런 토목공사를 진행할 때는 자연히 내가 감독 역할을 맡게 됐고, 그만큼 어깨가 무거웠다.

목발을 짚고 계단을 오르내리는 불편함에도 불구하고 나는 매일 공사 현장에서 살다시피 했다. 물론 공사 현장에는 시행사의 현장소장이 있었다. 하지만 내가 처음 기획 단계부터 공들여 시작한 사업이고 보니 한순간도 소홀히 할 수가 없었다. 온종일 목발을 짚고 공사 현장을 오가다가 퇴근해서 집에 오면 종아리가 욱신거리며 통증이 심해져서 잠을 설칠 때도 많았다.

아내가 세종시에 있는 행정안전부에서 근무하다 보니 우리는 장거리 부부로 살고 있었다. 내가 발목을 다쳤다는 소식을 듣고 당장 뛰어올 수 없는 아내는 전화기를 붙들고 발만 동동 구르며 걱정했다.

"좀 조심하지 그랬어요."

"나도 몰라. 조심하고 뭐고도 없이 그냥 버스 보고 뛰어가는데 딱, 하고 부러졌다니까."

"아픈 건 좀 어때요?"

"뭐 그냥저냥 견딜 만해."

"종아리에 따뜻한 수건으로 찜질 좀 해주면 좋을 거예요."

"알았어. 걱정하지 마. 내가 다 알아서 할게."

"어떻게 걱정이 안 돼요. 지금 제일 일이 바쁠 텐데……."

"다 잘 진행되고 있다니까."

같은 공무원으로서 내 업무의 전 과정을 알고 있는 아내는 걱정이 이만저만이 아니었다. 나는 아내의 조언대로 따뜻한 수건을 종아리에 대고 찜질하며 마음을 다잡았다. 곧 완공될 황토 어싱광장이 내 눈앞에 펼쳐졌다. 나는 어느새 꿈속에서 부드러운 황토 어싱광장을 맨발로 걸으며 즐거워하고 있었다.

깁스하고 목발을 짚고 있는 나의 모습

03 ──────────────────

나무뿌리
제거 대작전

잡풀과 잡목이 무성하게 우거져있던 빗물저류지였기에 가
장 먼저 해야 하는 작업은 잡풀과 잡목들을 제거하는 일이었
다. 굴삭기를 동원해서 거둬내는데도 워낙 잡목이 많다 보니
해도 해도 일의 끝이 보이지 않았다.

공사를 시작한 지 1개월가량 지난 어느 날, 공사 현장에서
잡목 제거 작업이 다 완료됐다는 보고가 올라왔다. 나는 현
장과 사무실을 오가며 업무를 처리해야 했기 때문에 사무실
에 왔다가 부리나케 현장으로 달려갔다. 나의 예상대로 큰
잡목들은 제거됐지만, 곳곳에 완전히 제거되지 않은 나무뿌
리 일부가 눈에 띄었다.

"소장님, 여기 이 뿌리들을 다 제거해 주셔야 합니다. 안
그러면 사람들이 발을 다칠 수가 있어요."

나는 삐죽삐죽 솟아난 나무뿌리를 가리키며 현장 소장에게

말했다.

"과장님도 아시겠지만 이게 보통 작업이 아니에요."

현장소장은 난감한 표정으로 대답했다.

"예, 잘 압니다. 하지만 지금 기초작업을 잘해 놓지 않으면 나중에 아주 곤란해질 수 있으니 어쩝니까? 번거로우시겠지만 좀 부탁드립니다."

현장소장은 할 수 없이 다시 굴삭기 기사들에게 뿌리가 보이는 곳을 더 깊이 파서 완전히 제거하도록 작업지시를 내렸다.

사실 현장 기술자들은 이곳이 나중에 어떤 곳으로 사람들에게 사용될지 큰 관심이 없는 듯싶었다. 그저 지시받은 현장 작업만 충실히 끝내면 된다는 생각이 컸기 때문이다. 이곳 현장이 나중에 맨발로 사람들이 걸어 다니는 곳이 될 거라는 지식과 밑그림이 없으면, 웬만한 장애물들은 흙으로 묻으면 된다는 사고방식이 자연스럽게 통용되는 곳이 공사장이었다.

어찌 보면 현장소장 입장에서는 나 같은 토목직 과장을 만난 것이 불운일 수도 있었다. 공사의 실무자가 공사 진행에 대해서 잘 모르는 신규직원이었다면 훨씬 수월하게 작업할 수도 있었을 테니 말이다. 그런데 책상에 앉아 있어야 할 과장이 그것도 목발을 짚고 나타나 현장의 일거수일투족을 감

시하듯 지켜보고 서 있으니 현장소장 입장에서도 여간 불편
한 존재가 아니었을 것이다.

나는 불편한 다리를 이끌고 작업이 끝난 바닥을 꼼꼼하게
살펴보면서 혹시라도 남은 잔뿌리나 이물질이 없는지 점검했
다. 잔뿌리가 모두 제거되자 다음 공정인 땅을 평탄하게 고
르는 작업이 이루어졌다. 불도저처럼 생긴 롤러로 땅을 다지
는 작업이었다. 이것도 꼼꼼하게 체크해야 나중에 어싱광장
이 반듯하고 예쁜 모양으로 만들어지게 되니 나에게는 중요
한 작업 과정이었다.

땅이 어느 정도 다져지고 나서 드디어 황토를 까는 시간이
다가왔다. 대형트럭이 1톤 마대에 들어 있는 흙더미 여러 개
를 공사장 부근에 내려놓으면 다시 지게차로 공사장이 있는
아래로 운반해서 광장 전면에 까는 작업이었다. 현장소장은
한꺼번에 황토를 광장에 들여서 깔 생각으로 작업지시를 내
리고 있었다.

"아뇨, 잠시만요."

현장소장은 또 무엇으로 트집을 잡으려고 하나, 하는 표정
으로 나를 바라보았다.

"한꺼번에 깔지 마시고 먼저 시험적으로 한 부분만 깔아보
고 시작하지요. 전체를 15센티 두께로 깔아야 하니 어느 정

도 양으로 깔아야 하는지 작업자들이 인지한 다음에 전체 작업을 해야 차질이 없을 것 같습니다."

"예, 알겠습니다."

현장소장도 들어보니 일리가 있는 말인 듯 고개를 끄덕이더니 곧바로 작업지시를 내렸다. 나는 자를 들고 일일이 황토를 깐 부분들의 흙 높이를 측정하면서 점검해 나갔다. 어느 정도 흙이 골고루 잘 깔렸다 싶은 생각이 들자, 전면적으로 황토를 깔도록 지시했다. 이러한 공사 과정을 거쳐 황토 어싱 광장은 점점 모습을 드러내기 시작했다. 다행스럽게도 장마철 잦은 비에도 불구하고 공사는 차질 없이 잘 진행되었다.

잡초 제거 작업을 시작하는 굴삭기

바닥 작업을 끝내고 시험포장하는 모습

시험포장 후 황토 깔기를 하는 모습

황토 어싱광장이 준공된 모습

하늘에서 바라본 어싱광장(오수진 작가)

개장식,
손에 땀을 쥐었던 순간

    2023년 7월 3일. 나에게는 생일보다 더 의미 있는 날이다. 고생 끝에 드디어 숨골공원 황토 어싱광장을 준공하여 개장식을 개최하게 된 날이기 때문이다. 아침에 출근하는 동안 내내 가슴이 뛸 정도로 설레고 기뻤다.

    "과장님, 개장식 규모는 어떻게 할까요?"

    "일단 어싱광장을 홍보해서 많은 시민이 이용하도록 하는 것이 중요하니까 이번 개장식은 좀 크게 해 보자고."

    개장식을 크게 하자는 나의 제안에 직원들은 당황하는 기색이 역력했다. 이런 대규모 행사를 해 본 경험이 거의 없다 보니 걱정이 앞선 것이다.

    "웬만한 일은 내가 다 할 테니 걱정하지 말고 좀 도와줘."

    "알겠어요."

    나의 설득에 직원들은 고맙게도 순순히 따라주었다.

개장식 준비를 위해서 나는 먼저 세부 행사계획을 작성했다. 막상 작성하고 나니 준비해야 할 일들이 한두 가지가 아니었다. 가장 먼저 초청인 범위와 날짜를 선정하는 것이 문제였다. 고심 끝에 초청인 범위는 도의회 의원, 서귀포시 여성회장 등 각종 사회단체장을 전부 초청해서 황토 어싱광장을 체험해 보도록 하는 게 좋겠다고 판단했다. 황토 어싱광장은 직접 체험해 볼 때 그 가치가 드러나기 때문이다.

나는 담당 팀장에게 서귀포시 각종 단체장에게 직접 전화해서 참석을 독려하도록 지시했다.

다음은 개장식 날짜와 시간을 정하는 문제가 남았다.

"요즘 날씨가 워낙 오락가락해서 날짜 잡는 게 쉽지 않겠어요."

"그러게 말입니다. 걱정이네요."

나는 시장 비서실 담당자와 개장식 날짜를 의논했다. 서귀포시의 6월은 비가 잦은 날씨가 계속되어 언제 집중호우가 쏟아질지 알 수가 없었다. 물론 날씨 예보를 참고하긴 하겠지만 수시로 날씨가 바뀌고 보니 날씨 예보도 맹신할 수는 없는 노릇이었다. 고민 끝에 정한 날짜가 바로 7월 3일 저녁 6시 30분이었다. 저녁 시간으로 잡은 것은 무더운 여름철이라 뜨거운 낮 시간보다는 선선한 저녁 시간이 적당할 것으로 판단됐기 때문이다. 어싱광장을 직접 체험해 보는 순서를 생각하면 황토 위를 한낮에 걷는 것은 무리가 있었다.

광장 이름을 '황토광장'이 아닌 '황토 어싱광장'으로 명명한
것은 요즘 맨발걷기가 대중들에게 큰 관심을 받고 있다는 사
실을 참고한 까닭이다. 맨발걷기광장, 황토광장, 황톳길 등
여러 가지 이름을 갖고 직원들과 고민한 끝에 정한 이름이었
다. 드디어 어싱광장으로 들어가는 두 곳의 입구에 〈숨골공
원 황토 어싱광장〉이라는 통나무 기둥 푯말이 세워졌다. 그
것을 바라볼 때 감회가 새로웠다.

'드디어 완공이 됐구나!'

나도 모르게 눈가가 촉촉해졌다. 목발을 짚고 공사 현장을
오가며 흘린 나의 땀방울이 그 푯말 하나에 고스란히 담겨
있는 것 같았다.

드디어 개장식 날이 다가왔다. 아침부터 부산하게 준비 사
항을 점검하고 있는 나에게 김가현 주무관이 헐레벌떡 달려
왔다.

"과장님! 큰일났어요. 지금 밖에 비가 내려요."

"뭐라고?"

나는 며칠 전부터 행사 날에 비가 오지 않게 해 달라고 간
절히 기도했었다. 하지만 하늘도 무심하게 억수같이 쏟아지
는 비를 바라보며 나는 그만 맥이 탁 풀려버렸다. 비가 쏟아

숨골공원 황토 어싱광장 통나무 기둥 푯말

지면 맨발걷기 체험행사가 취소될 수도 있었다. 체험행사야말로 오늘 행사의 하이라이트라고 해도 과언이 아닌데, 그것을 못 하게 되면 어떻게 해야 하나, 나는 한순간에 머릿속이 복잡해졌다. 하지만 하늘만 바라보고 넋을 놓고 있을 때가 아니었다. 행사를 진행하자면 초대한 단체장들이 비를 맞지 않도록 천막을 설치해야 했다. 나는 얼른 천막을 대여해 주는 업체에 전화를 걸었다. 다행히 비가 올 때를 대비해서 미리 전화로 예약을 해 놓은 상태였기에 어렵지 않게 천막을 빌릴 수 있었다.

행사 시간까지 남은 시간은 4시간. 천막 10개를 설치해야 하니 그리 넉넉한 시간은 아니었다. 천막이 도착하고 직원들까지 동원돼서 천막 설치를 도왔다. 겨우 천막이 완성되고 300여 명이 앉을 수 있는 의자까지 설치하다 보니 직원들은 빗물과 땀에 흠뻑 젖었고, 시간은 쏜살같이 흘러갔다.

천막과 의자를 가까스로 설치하고 축축해진 옷을 털며 땀을 식히고 있는데 어디선가 전화가 걸려 왔다. 핸드폰 화면을 보니 오늘 특강을 맡아줄 권택환 교수에게서 온 전화였다. 순간 알 수 없는 불안감이 스치듯 지나갔다. 권택환 교수는 대구교육대학교 교수이면서 맨발학교 교장으로서 맨발걷기를 전국적으로 알리고 있는 전문가였다. 나는 권 교수를 특별히 개막식 특강 강사로 초빙했다. 그러니 오늘 참석자

중에서 절대로 빠지면 안 되는 중요한 사람이었다.

"과장님, 이 일을 어쩌면 좋습니까?"

나의 예상은 적중했다. 뭔가 문제가 생긴 것이 분명했다.

"왜요? 혹시 무슨 일이 생긴 겁니까?"

"제가 지금 대구 공항에 와 있거든요. 그런데 오늘 기상 상황이 좋지 않아서 제주로 가는 비행기가 몽땅 결항이 됐지 뭡니까?"

나는 순간 충격을 받아 몸이 휘청거리면서 눈앞이 깜깜해졌다.

"혹시 기상 상황이 풀릴지 몰라서 지금 공항에서 대기하고 있는데, 어떻게 해야 할지 모르겠습니다."

"그럼 혹시 가까운 곳에 다른 공항은 없습니까?"

"김해공항이 있긴 한데 거기까지 가는 데만 해도 시간이 좀 걸립니다."

나의 등에서 식은땀이 흘러내렸다. 당장 어디에서 다른 강연자를 찾는단 말인가. 개장식까지는 이제 몇 시간밖에 남지 않았다. 몇 시간 같은 몇 초가 흘렀다.

"아! 방법이 하나 있긴 합니다. 제주에 있는 제자 중에 맨발 걷기 강의를 잘할 수 있는 사람이 한 명 있습니다."

"아, 그분이 누굽니까?"

"제주맨발학교 교장인 양복만 선생인데 제가 전화해 줄 테니까 한번 연락해 보시죠. 연락처를 바로 보내 드리겠습니다."

양복만 선생은 얼굴을 직접 본 적은 없지만, 나와 카톡으로 어싱광장에 대한 응원의 메시지를 주고받은 적이 있었다.

"아! 저도 그분에 대해서 들은 적이 있습니다."

"그래요? 잘됐네요! 어쨌든 이렇게 중요한 행사에 차질을 일으켜서 정말 죄송합니다."

"아, 아닙니다. 천재지변인데 어쩌겠습니까."

전화를 끊자마자 권 교수로부터 연락처가 문자로 날아왔나. 양복만 선생에게 전화를 거는 나의 손이 가늘게 떨려왔다. 혹시 양복만 선생마저 육지에 가 있으면 어쩌나 하는 불안감을 애써 떨치며 전화 신호음에 귀를 기울였다.

"여보세요?"

"아, 안녕하십니까? 저는 서귀포시 공원녹지과장 김영철이라고 하는데요, 카톡으로 연락한 적이 있는데 혹시 기억하십니까?"

"아, 예. 물론이지요. 그런데 무슨 일이신지요?"

"권택환 교수님으로부터 연락처를 받고 전화를 드렸습니다. 다름이 아니라 혹시 지금 계신 곳이 어디십니까?"

나는 다급한 마음에 먼저 양복만 선생이 있는 곳부터 대뜸 물어보았다.

"예? 제가 있는 곳요?"

영문을 모르는 양복만 선생은 어리둥절해했다.

"예. 몇 시간 후면 황토 어싱광장 개장식인데 특강을 해 주시기로 한 권택환 교수님께서 기상 악화로 비행기가 결항 돼 못 오시게 됐거든요. 혹시 양 선생님께서 오실 수 있을까 해서 드리는 말씀입니다. 권 교수님이 추천해 주셨거든요."

"아, 그런 일이 있었군요. 저는 지금 올레길을 걷던 중입니다."

"아! 그럼 혹시 지금 바로 서귀포시 숨골 빗물저류지로 와 주실 수 있을까요?"

"개장식이 몇 시입니까?"

"6시 반인데요."

"예, 알겠습니다. 그럼, 제가 그 시간에 최대한 맞춰서 가 보겠습니다."

"정말 감사합니다!"

"그런데 지금 제 옷이 편한 복장인데 괜찮겠습니까?"

"네, 상관없습니다. 오시기만 하면 됩니다."

나는 전화를 끊고 긴 안도의 한숨을 내쉬었다. 나도 모르게 교회도 다니지 않는 내 입에서 "하느님, 감사합니다!" 하는 소리가 흘러나왔다. 어쨌든 긴박한 순간에 대처방안을 찾아 준 권택환 교수에게 감사했다. 내가 다시 권 교수에게 전화를 걸어 해결 사항을 알려 드리자, 권 교수도 안도하는 듯했다.

일각이 여삼추 같은 시간이 흐르고 흘러 어느새 개장식 시간이 바짝 다가왔다. 그런데 어찌 된 일인지 개장식 10분 전인데도 양복만 선생은 나타나지 않았다. 나의 속은 바짝 타들어 갔고 어디선가 째깍째깍 시계추 소리마저 들리는 것 같았다. 나는 연신 시계를 보며 초조한 마음으로 양복만 선생을 애타게 기다렸다.

"과장님, 지금 5분 전인데 강사님은 아직 안 오셨나요?"

직원 한 사람이 걱정스럽게 다가와 속삭이듯 물었다. 이미 시장님을 비롯한 각 단체장들은 자리에 앉아서 개장식이 시작되길 기다리고 있었다.

"이제 오실 때가 됐는데……."

"앗! 저기 누가 오시네요!"

바로 그 순간, 저쪽에서 양복만 선생으로 보이는 분이 헐레벌떡 뛰어오는 것이 보였다. 나는 얼른 달려가 물었다.

"양복만 선생님이시지요?"

"아, 예. 제가 늦지는 않았습니까?"

"예, 지금 바로 들어가시면 됩니다."

007작전을 펼치듯 우리는 아슬아슬하게 개장식장으로 들어섰다. 특강 강사를 확보한 나는 무사히 제시간에 개장식을 시작할 수 있었다.

그렇게 세차게 쏟아지던 비노 행사가 시작되자 놀랍게도 거짓말처럼 멈추더니 가랑비로 변해서 흩날리기 시작했다. 어찌나 감사한지 하늘을 향해 고맙다고 절이라도 하고 싶은 심정이었다.

"어싱은 맨발로 땅을, 머리로 하늘을 연결해 자연과 교감하는 맨발 건강걷기라는 의미라고 합니다. 저는 시장으로서 서귀포 시민의 건강지표가 매우 낮은 것이 몹시 안타깝고 그에 대한 책임을 통감하고 있습니다. 모쪼록 숨골공원 황토 맨발 걷기 어싱광장 체험에 많은 시민분들이 참여하여 건강을 찾고 자연과 교감하는 시간을 보내셨으면 합니다."

참석자 중에는 아직 어싱에 대해서 생소하다는 반응을 보이는 분들도 있었다. 다행히 이종우 시장님은 인사 말씀을 하면서 어싱에 대해서 간단하게 소개해 주었다.

다음으로 양복만 선생이 맨발걷기에 대한 특강을 쉽고 재미있게 설명하며 참석자들의 흥미를 이끌어 냈다. 모두 건강에 대해서 관심이 많아서인지 양복만 선생의 한 마디 한 마디에 고개를 끄덕이며 귀를 기울였다.

"우리가 신는 신발이 우리의 발을 망치고 있다면 믿으시겠습니까?"

양복만 선생의 한 마디에 나를 비롯한 참석자들이 깜짝 놀랐다. 한 번도 그런 생각을 해 본 적이 없었기 때문이다.

"잘못된 신발 착용으로 족저근막염이나 후천성 평발, 무지외반증 등 발 관련 질환들이 증가하고 있습니다. 신발을 벗고 맨발로 땅을 걷는 것이 좋은 이유는 흙에는 좋은 박테리아가 살아서 우리 몸의 면역력을 상승시키기 때문입니다. 그래서 암, 고혈압, 치매, 아토피, 당뇨, 관절염 등 웬만한 질병 회복에도 도움이 됩니다. 맨발걷기가 천연의 항산화 작용으로 면역체계를 강화해서 건강을 지켜주는 것이지요."

나는 이제라도 맨발걷기의 중요성에 대해서 더 정확하게 알게 된 것이 다행스러웠다. 양복만 선생이 전하는 맨발걷기에 대한 다양한 정보들이 새롭고 신선하게 다가왔다.

드디어 기다리던 황토 맨발걷기 체험 시간이 되었다. 놀랍게도 아침부터 내리던 비는 거짓말처럼 싹 그치고, 서늘한

맨발걷기에 대해서 특강을 하는 양복만 제주맨발학교 교장

가을 날씨처럼 변했다. 걷기에는 안성맞춤인 날씨였다. 참석자들은 모두 자리를 옮겨서 황토 어싱광장으로 향했다. 모두 신발을 벗고 맨발로 황토 위를 걷는 모습이 내 눈에는 아름답게 보였다. 비록 강사 확보를 위해 진땀을 빼는 초조한 순간들이 있긴 했지만, 내 인생에서 오랫동안 기억에 남을 만큼 뿌듯하고 행복한 순간이었다.

비행기 결항으로 개장식에 참석하지 못했던 권택환 교수는 그 이후 따로 시간을 내서 황토 어싱광장을 보기 위해 제주도로 찾아왔다. 나의 안내를 받아 황토 어싱광장을 처음 본 권 교수는 놀란 표정으로 감탄하며 말했다.

"와! 황토 어싱광장이 상상 이상으로 넓네요. 저는 작은 규모로 조성된 곳이 아닐까 예상했었거든요. 제가 전국 황톳길은 많이 다녀봤지만 이렇게 큰 광장으로 만든 곳은 처음 봅니다. 이 정도로 만드시기까지 정말 수고가 많으셨겠습니다."

권 교수는 황토 광장을 걸으며 자료 수집을 하듯 현장을 열심히 촬영했다. 맨발걷기의 전문가이면서 권위자인 권 교수의 인정을 받고 보니 그동안 흘렸던 땀방울이 어느새 바람결에 날아가 버린 것 같았다. 권 교수는 나의 부탁을 받고 그날 황토 어싱광장에 온 사람들을 모아놓고 맨발걷기에 대한 '번개 특강'을 해 주었다.

개장식 행사를 진행하는 나의 모습(왼쪽)

숨골공원 황토 어싱광장 개장식 기념사진

개장식에서 직접 황토 어싱을 체험해 보고 있는
이종우 서귀포시장(오른쪽)

맨발걷기 체험행사에서 어싱 방법을 설명하고 있는 양복만 교장

어싱광장 개장식 참가자들과 함께

개장식 때 황토 맨발걷기를 체험하고 있는 참석자들

개장식 이후 늦게나마 황토 어싱광장을 방문한
권택환 교수(가운데)와 이용객들

황토 어싱광장 개장식 사진(출처 : 제민일보, 2023.7.5.)

황토 어싱광장 개장식 사진(출처 : 서귀포시 시정뉴스, 2023.7.5.)

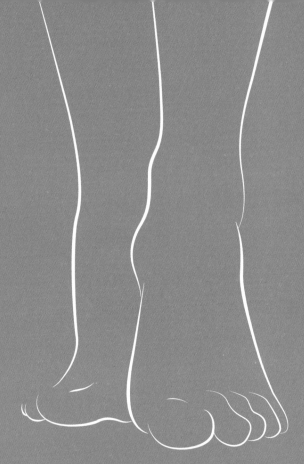

Earthing

Part 3

어싱광장에서
만난 사람들

황토 어싱광장에서 맨발걷기를 하는 주민들

부부가 손을 꼭 잡고
걷는 이유

황토 어싱광장의 황토를 관리하는 일은 생각보다 손이 많이 가는 작업이다. 그날그날 날씨에 따라서 흙의 상태가 매우 달라지기 때문에 그에 맞는 적절한 조치를 바로 취해 줘야 하기 때문이다. 햇볕이 쨍한 날이 이어지면 황토는 딱딱하게 굳어버린다. 그래서 스프링클러를 돌려서 황토를 촉촉하게 만들어주는 작업을 해야 이용객들이 부드러운 흙에서 어싱을 할 수 있다.

하지만 간혹 이용객 중에는 지압 효과가 있는 단단하게 마른 바닥을 선호하는 사람도 있어서 적절하게 병행해서 관리해 주어야 한다. 황토가 너무 깊이 파인 곳이나 울퉁불퉁한 곳은 쇠갈퀴(흙을 고르는 데 사용하는 도구로서 레기라고도 불린다)를 이용해서 바닥을 평평하게 고르는 작업을 해야 하는데, 그 작업이 쉬운 일이 아니었다. 진흙 같은 황토 바닥을 쇠갈퀴로 긁어가다 보면 어느새 옷이 다 젖을 만큼 땀이 흘러내렸다.

처음 기획안을 낼 때부터 공원녹지과 직원들에게 어싱광장의 전반적인 관리는 내가 직접 하겠다고 약속했던 터라 땅 고르는 작업은 자연스럽게 내 일이 되었다. 그래서 나는 수시로 광장에 가서 흙을 골고루 펴주는 작업을 했다. 그러다 보니 어싱을 하러 온 다양한 주민들과 자연스럽게 인사를 나누게 되었다. 간혹 어떤 사람은 땀을 뻘뻘 흘리며 땅을 고르고 있는 나를 어싱광장 관리 인부로 알고 있는 사람도 있었다.

어느 날, 쇠갈퀴를 들고 황토 고르기 작업을 하고 있던 내 시야에 한 중년 부부가 다정하게 손을 꼭 잡고 어싱을 하고 있는 모습이 들어왔다. 서로를 배려하면서 천천히 걷는 두 사람의 모습이 더없이 정겨워 보였다. 우리 부모 세대에는 남편과 아내가 손을 잡고 걷는 모습은 동네 부끄러운 일로 여겨서 남편이 저만치 앞서가면 아내가 뒤에서 따라가는 것이 일반적이었다. 물론 요즘은 시대가 달라지긴 했지만, 황혼 이혼율도 높고, 부부 두 쌍 중 한 쌍이 이혼한다는 시대이다 보니 다정한 부부의 모습을 보면 덩달아 나도 기분이 좋아졌다.

"안녕하세요? 날씨가 참 좋네요."

쇠갈퀴(레기)를 이용해 땅 고르는 작업은 자연스럽게 내 일이 되었다.

내가 먼저 두 분을 향해 인사를 건넸다.

"네, 여기 어싱광장을 만드신 분 맞죠? 뉴스에서 본 것 같아요."

어싱광장 개장식을 한 이후 제주도에 있는 각종 매체가 앞다투어 황토 어싱광장을 취재하는 바람에 책임자로서 인터뷰한 나는 본의 아니게 하루아침에 동네 유명인(?)이 되어버렸다.

"아, 예. 저 혼자 한 건 아닌데 어쩌다 보니 그렇게 알려졌네요, 하하."

"아유, 정말 고마워요. 저희 부부가 요즘 여길 얼마나 잘 이용하는지 몰라요."

"네, 두 분이 정말 좋아 보이십니다."

잠시 부인의 얼굴에 한 줄기 바람 같은 근심의 빛이 스치듯 지나갔다. 그러고 보니 아까부터 대화는 주로 부인만 하고 남편은 곁에서 묵묵히 서 있기만 했다. 뭔가 사연이 있는 것 같았다.

"여긴 어떻게 알고 오셨어요?"

"예, 며칠 전부터 아는 사람이 이곳에 가보면 진짜 좋다고 하도 얘기를 해서 어떤가 하고 와봤는데 정말 좋네요. 특히 제 남편이 너무 좋아해요."

"아, 남편분께서요?"

나는 그녀의 남편을 바라보았다. 이쯤 되면 한마디쯤 할 만한데 남편은 여전히 묵묵히 침묵을 지키고 서 있었다. 어색함을 깨고 부인이 얼른 말을 이었다.

"실은 제 남편이 5년 전부터 시력이 나빠져서 지금은 아예 앞을 잘 못 봐요……."

나는 적이 당황했다. 아, 그래서 부인이 남편의 손을 꼭 잡고 걷고 있었던 거구나.

우리는 세상을 바라볼 때 얼마나 많은 오해와 착각 속에서 살아가는가. 산처럼 무거운 아픔을 나란히 나눠서 지고 걸어가는 부부의 모습을 나는 그저 다정하게 꽃놀이하는 부부로 바라보았으니 말이다. 몸이 백 냥이라면 눈이 구십 냥이라고 했는데, 앞을 보지 못하는 남편의 고통이 헤아려져서 나는 잠시 숙연해졌다. 하지만 그저 지나가는 행인에 불과한 내가 그들에게 감히 해 줄 수 있는 위로의 말은 없었다.

"그러시군요…… 부디 건강이 잘 회복되시길 바랍니다."

내가 기껏 할 수 있는 말은 그들의 건강을 빌어주는 것밖에 달리 없었다.

"네네…… 감사합니다. 그럼."

다시 손을 꼭 잡고 점점 멀어지는 부부의 뒷모습을 바라보며 나는 알 수 없는 책임감에 마음이 묵직해졌다. 이 공산을 통해서 아픈 사람들이 회복되어 건강을 되찾을 수 있다면 그보다 더 기쁜 일이 어디 있을까.

이 어싱광장을 잘 가꾸어서 이용객들에게 꼭 필요하고 도움이 되는 공간으로 만들고 싶다는 열망이 내 안에서 모닥불처럼 조용히 타올랐다. 나는 다시 쇠갈퀴를 잡고 조금 전과는 다른 마음가짐으로 정성껏 세심하게 땅 고르는 작업을 계속했다.

시력을 잃어가는 남편의 손을 꼭 잡고 걷는 아내

02

20년간 먹던
혈압약을 끊었어요

다른 날과 마찬가지로 어싱광장의 흙 고르기 작업을 하고 있는데 한 중년 아주머니가 반가운 표정으로 내게 달려왔다.

"여기 만드신 과장님 맞지요?"

"예, 여기 관리하는 공무원 맞습니다."

"제가 꼭 드리고 싶은 말씀이 있어서요."

"예? 뭔데요?"

나는 혹시 불편함을 호소하려고 그러시나 싶어서 귀를 쫑긋 세웠다.

"제가 말해도 아마 안 믿으실 거예요. 실은 제가 혈압약을 먹은 지가 20년이 넘었거든요. 혈압 때문에 심장판막 수술을 한 지도 15년이 됐고요. 가족력도 있고 해서 운동이라도 열심히 해서 이겨내자 하고 올레길도 걷고 월드컵경기장도 걷고 열심히 걸었어요. 그런데 아무리 운동을 해도 혈압에 아무런 변화가 없는 거예요."

그녀는 빠르고 진지하게 이야기를 이어나갔다. 이쯤 되면 얘기가 길어질 가능성이 컸다. 일단 불만 요청 사항은 아닌 것 같아서 나는 쇠갈퀴를 한쪽에 세워 놓고 편안한 자세를 취했다. 그녀의 옆에는 남편인 듯한 중년 남자가 맨발걷기를 하며 맴돌고 있었다.

"어느 날 제 친구 하나가 매일 2시간 이상씩 황토광장을 걸었는데 몸에 생겼던 뾰루지가 다 없어졌다는 거예요. 뾰루지에서 진물이 나오고 해서 걱정을 했는데 황토어싱을 하고 나서 갑자기 뾰루지가 터져버리더니 다시는 안 난다는 거예요. 그래서 저도 혹시나 하는 마음에 이곳 황토광장에서 매일 한시간씩 걷기 시작했어요. 그런데 말이에요, 그렇게 제 속을 썩이던 혈압이 정상으로 돌아왔지 뭐예요. 아침저녁으로 체크를 해 봤는데 계속 좋은 거예요. 그래서 일주일 정도 약을 끊고 나서 병원에 가 봤어요. 의사 선생님께 자초지종을 말씀드렸더니 제 검사 결과를 쭉 체크해 보시곤 더는 약을 안 먹어도 된다는 거예요! 이게 말이 돼요? 정말 저에게는 기적 같은 일이었어요. 너무 기뻐서 누구한테라도 고맙다는 말을 하고 싶은데 어디 가서 말을 해야 할지도 모르겠고, 그래서 이렇게 선생님께 말씀드리는 거예요."

"아, 그러셨군요. 정말 잘됐네요."

"너무너무 감사드려요. 시장님께도 감사드리고 여길 만드신 모든 분께 일일이 찾아가서 감사드리고 싶은 심정이에요."

"하하. 제가 다른 직원들한테도 꼭 말씀 전해 드리겠습니다."

"네, 꼭 그렇게 해 주세요."

나는 황토 어싱광장의 놀라운 효과에 대한 경험담을 현장에서 생생하게 듣고 나니 가슴이 벅차올랐다. 서귀포 시민들을 위한 시장님을 비롯한 우리의 마음이 하늘에 닿은 것 같아서 기쁜 마음을 주체할 길이 없었다. 직원들에게 이 놀라운 이야기를 빨리 전해 주고 싶어서 나는 하던 일을 급하게 정리하고 부리나케 사무실로 향했다.

황토어싱을 통해 20년 동안 먹던 혈압약을 끊었다는 이용객

03

파킨슨병 부부의
아름다운 사랑

새벽부터 밤늦게까지 어싱하는 사람들이 끊이지 않는다. 밤늦게까지 열다 보니 지난밤에 혹시라도 시설에 문제가 생기지는 않았는지 점검하는 일이 내 하루의 첫 업무가 됐다.

아침 점검을 하던 어느 날, 우연히 이른 아침부터 맨발걷기를 하는 노부부와 중년 부부를 만났다. 특이한 점은 부부 중 한 사람은 몸이 몹시 불편해 보인다는 것이었다. 노부부 중 할머니는 비틀거리면서 걷는 할아버지의 손을 꼭 잡고 어린 아이에게 걸음마 훈련을 시키듯 한 걸음씩 천천히 걷고 있었다. 노부부보다 상대적으로 젊은 중년 부부는 남편이 아내의 손을 잡고 똑같이 천천히 걷고 있었다. 나는 뭔가 사연이 있는 듯해서 조심스럽게 다가가 인사를 건넸다.

"안녕하십니까? 일찍 나오셨네요."

"아, 예. 여기서 일하시는 분인가 보네요?"

노부부 중에 부인이 대답했다.

"예, 맞습니다. 여기 운영 책임을 맡은 공무원이에요."

"아이고, 수고가 많으시네요."

"저야 월급 받고 하는 일이니, 수고랄 것도 없지요. 그런데 어르신께서 몸이 불편하신 모양이네요."

"예, 저희 영감은 6년 전에 파킨슨병 진단을 받았어요. 이 댁 안사람도 5년 전에 우리 영감처럼 파킨슨병 진단을 받아서 오늘 이렇게 함께 운동하러 나온 거예요. 여기서 황토 맨발걷기를 하면 건강이 좋아진다는 소문을 듣고 일부러 찾아왔어요."

"그러셨군요. 정말 잘 오셨습니다. 열심히 운동하셔서 꼭 건강을 되찾으시길 바랍니다."

나는 말하고 나서 갑자기 가슴이 뭉클했다. 이 세상에서 서로를 의지하며 함께 걸어갈 수 있는 아내와 남편이 있다는 것은 얼마나 감사한 일인가.

우리는 때때로 너무 소중한 것을 당연한 것으로 여기며 놓치고 살 때가 많다. 열심히 일하고 퇴근하는 남편, 저녁밥을 차려주는 아내를 너무나 평범한 일상 속에 두고 그 소중함을 잊고 살 때가 많은 것이다.

두 부부의 모습이 아름답게 보이는 것은 그들의 고통보다 서로를 위해 주는 깊은 사랑이 먼저 보였기 때문이다. 세상이 아무리 각박해지고 메말라 간다고 해도 부부의 사랑은 때론 기적을 만들어 낼 만큼 숭고하고 위대하다.

맨발걷기를 끝내고 배우자의 발을 씻겨주는 부부의 모습을 나는 밀레의 만종을 떠올리며 한참 동안 조용히 바라보았다. 어느새 나는 아픈 두 사람에게 건강이 회복되는 놀라운 기적이 생기길 마음속으로 기도하고 있었다.

파킨슨병을 앓는 배우자의 손을 잡고
맨발걷기를 하는 노부부의 다정한 모습

"앞으로 자주 올게요. 선생님, 잘 관리해 주셔서 감사합니다."

"네, 자주 오십시오."

집으로 돌아가면서 마지막 인사를 잊지 않는 노부인을 보며 나는 숙연한 마음으로 고개를 숙여 인사했다. 다음 순간, 나는 그들이 경사로를 힘겹게 오르는 모습을 보았다.

"혹시 차가 저 위에 세워져 있나요?"

나는 얼른 그들에게 다가가 물었다.

"예."

"앞으로는 이쪽으로 해서 어싱광장 앞까지 차를 끌고 오십시오."

"예? 정말 그래도 되나요? 그렇게만 해 주신다면야 저희는 너무 좋지요. 그러잖아도 여기까지 내려오는 게 너무 힘들었거든요."

"네, 앞으로 경사로가 불편한 분들이 어떻게 하면 더 편리하게 이용하실 수 있을지 연구해 보겠습니다. 그때까지만이라도 편하게 오실 수 있도록 해 드리는 겁니다."

"정말 감사합니다!"

노부인은 환하게 웃으며 어린아이처럼 좋아했다. 나의 작은 배려가 그들에게 세상을 살아갈 힘이 될 수 있다면 그보다 더한 것이라도 해 주고 싶었다. 사실 나 또한 그들에게 귀한 선물을 받았다. 이 아침에 그들에게 받은 선물 같은 감동

을 내 아내를 위해서, 또 나를 위해서, 살면서 오래오래 간직
하고 싶었다.

　나는 오늘도 내가 어싱광장을 열심히 가꾸며 일해야 하는
이유가 더 명확해진 것 같아서 발걸음이 더욱 바빠졌다. 어
떻게 하면 거동이 불편한 분들이 편안하게 어싱광장을 이용
할 수 있도록 할 것인가가 나에게 새로운 숙제로 주어졌다.

파킨슨병을 앓는 배우자의 손을 꼭 잡고 맨발걷기를 하는 중년 부부

할머니의
화상 자국

    나는 제주시에 살고 있어서 서귀포시까지 출근하려면 이른 아침부터 서둘러야 했다. 매일 아침 6시 30분경에 집에서 출발하면 7시 30분경에 황토 어싱광장에 도착했다. 현장에 도착해서 내가 제일 먼저 살피는 것은 바닥 상태였다.

    황토가 굳은 곳을 살피면서 스프링클러를 가동하다 보면 아침 운동을 하러 나오신 어르신들과 마주칠 때가 종종 있었다. 그러면 어르신들은 이것저것 궁금한 것들을 물어보곤 했다. 어떤 이용객들은 새벽 5시부터 나와서 운동을 하고 내가 현장에 오기도 전에 마치고 돌아가는 분들도 있다고 들었다.

    "과장님, 오늘도 일찍 나오셨네요?"

    어싱광장을 돌면서 살피고 있는데 할머니 한 분이 반갑게 나를 보고 인사를 건넸다.

"네, 안녕하세요? 어르신께서도 일찍 나오셨네요."

"나야 여기 개장한 날부터 출석부 도장을 찍고 있지요."

"하하, 잘하고 계십니다."

"내가 고향이 원래 전라도거든요."

이용객이 이렇게 첫말을 꺼내는 것은 뭔가 나와 이야기를 나누고 싶다는 뜻이라는 것을 이제는 수차례 경험을 통해 알게 됐다. 나는 경청할 자세를 갖추고 할머니를 찬찬히 바라보았다. 이전까지는 그저 스치듯 인사만 하고 지나가서 몰랐는데 자세히 보니 목 부분에 화상 자국 같은 것이 얼핏 보였다. 실례가 될 수도 있어서 나는 얼른 못 본 척하면서 할머니 얘기에 귀를 기울였다.

"그런데 살기는 서울에서 살다가 10년 전에 서귀포 중문으로 이사를 왔어요. 귀농을 한 거지요."

"아, 그러세요? 중문은 제 고향입니다."

"그래요? 중문 어디신데요?"

"중문리예요. 지금은 제가 살던 집 자리에 다른 건물이 들어섰더라고요."

"그랬군요. 올해 내가 벌써 일흔셋이에요. 그러니까 내가 서른다섯 살쯤 됐을 때였지요. 그때는 먹고살려고 남편하고 같이 세탁소를 했었는데, 어느 날 갑자기 가스가 폭발했지 뭐예요. 다행히 남편은 얼른 피해서 무사했는데 나는 미처

피하지 못해서 온몸에 화상을 입었어요. 그래서 지금도 후유증으로 고생하고 있어요. 여기 목에 난 자국도 화상 자국이에요."

나는 놀란 표정으로 할머니를 바라보았다.

"아이고, 놀라셨구나. 처음 일 당했을 때는 나도 세상이 무너지는 것처럼 놀랍고 큰일이었어요. 그런데 이제 살 만큼 살아보니 그리 큰일도 아니더라고요. 우리 부모들은 전쟁통에서도 살았잖아요. 그에 비하면 이건 아무것도 아니지요."

할머니의 담담한 표정이 왠지 더 슬퍼 보였다. 나는 뭐라고 위로의 말을 찾지 못해서 그저 묵묵히 듣고 서 있었다.

"화상 환자는 피부만 화상을 입는 게 아니에요. 심장에도 화상을 입어요. 보통 사람들은 잘 몰라요. 과장님도 모르셨지요?"

"네, 저도 처음 듣는 얘깁니다만……."

"그래도 요즘 이 어싱광장 덕분에 얼마나 감사한지 몰라요. 여기 어싱광장에 와서 맨발로 걸었더니 심장도 좋아지고 고혈압도 좋아졌어요. 아마 혈액순환이 잘 돼서 그런가 봐요. 내가 고혈압, 협심증 때문에 고생을 많이 했거든요. 뭐니 뭐니해도 제일 좋은 건 잠을 푹 잘 자는 거예요. 여기서 운동을 하고 나서부터는 신기하게도 잠을 잘 자요. 그전에는 약이 없으면 잠을 못 잤거든요. 아, 참, 그리고 또 있어요. 차

가운 걸 먹을 수 있게 돼서 너무 좋아요. 그전에는 차가운 음식은 입에도 못 댔는데 요즘은 차가운 음식도 잘 먹어요. 이게 다 여기 황토광장에서 맨발로 걷기 운동을 해서 그런 것 같아요. 왜냐면 그전에도 등산도 하고 올레길도 걷고 하면서 걷는 운동은 많이 했거든요."

"그렇게 말씀해 주시니 감사합니다."

"그래서 과장님께 감사하다는 말씀을 드리려고 했는데 이렇게 주저리주저리 늘어놓게 됐네요. 늙으면 주책이라니까요."

"아, 아닙니다. 얘기 아주 잘 들었습니다. 저도 어싱광장을 열심히 더 잘 가꿔야겠구나, 하는 생각도 들고 힘이 납니다."

"그럼요. 아마 저 같은 사람들 여기에 많을 거예요. 그럼 수고하세요."

나는 할머니와 헤어져서 어싱광장의 바닥을 여기저기 살펴보다가 스프링클러를 한쪽으로 끌고 와서 설치했다. 그러다가 문득 할머니 쪽을 바라보니 할머니는 한쪽에서 화상 자국이 있는 피부에 황토를 바르고 계셨다.

그 모습이 나에게는 한 폭의 그림처럼 인상 깊게 다가왔다. 아픔을 이겨낸 사람에게는 특유의 빛이 난다. 할머니에게서도 보이지 않는 빛이 자연스럽게 흘러나오고 있었다.

황토어싱을 하고 나서 고혈압, 협심증이 많이 나았다는 할머니

05

놀라운 치유,
말기 전립선암이 나았수다!

"과장님, 오늘도 수고햄수다."

스프링클러를 옮기는 작업을 하고 있는 나에게 누군가 뒤에서 인사를 건네왔다. 돌아보니 매일 어싱광장에 오시는 어르신이었다.

"아, 오늘도 오셨네요. 댁이 여기서 가까우신 모양이에요."

"나는 남원읍에 살고 있수다."

"예? 남원읍요?"

남원읍에서 황토 어싱광장까지 버스를 타고 오려면 넉넉하게 1시간은 잡아야 올 수 있는 거리였다.

"꽤 멀리서 오시네요. 남원읍 어디꽈?"

나도 모르게 제주 사투리가 튀어나왔다.

"위미1리마씸. 혹시 남원에서 살았수꽈?"

"아뇨. 제가 공무원을 남원읍사무소에서부터 시작해서 잘 압니다. 아이고, 그런데 그렇게 먼 데서 매일 저녁에 오시다니, 고생이 많수다."

"내가 그냥 오는 게 아니주마씸. 다 사연이 있수다. 아마 내가 얘기하는 걸 들어도 믿지 못할 꺼우다."

"말씀해 보십서."

나는 호기심 어린 표정으로 어르신을 바라보았다.

"내가 지난해 6월에 지병인 전립선암을 수술하기 위해서 연세대 세브란스병원까지 갔수다. 그런데 수술하기 전 사전 검사라는 걸 하는데, 그 결과가 수술하기에는 너무 늦어서 수술이 불가능하다고 합디다. 담당 의사가 죄송하지만 자기들이 해 줄 게 아무것도 없으니 돌아가라고 하는데, 하늘이 무너지는 것 같아서 다리가 후들후들 떨련마씸. 나로서는 사형선고를 받은 거나 마찬가지 아니꽈. 할 수 없이 집에 돌아와 약에만 의존하면서 시간을 보내고 있었수다. 그런데 어느 날 여기 서귀포 신시가지에 사는 똘(딸)한티 전화가 걸려왔수다. 똘이 하는 말이 '아버지, 우리 동네에 황토 어싱광장이 생겼는데 사람들이 건강에 아주 좋다고 햄수다. 아버지도 한번 다녀갑서'라고 합디다. 그래서 똘 말을 듣고 한번 와봤는데 조읍디다. 그다음부터는 하루노 빼놓지 않고 이곳을 다니고 있수다. 그런데 기가 막힌 일이 생겼수다. 글쎄 여기를 다니고 나서 내 암 수치가 확 달라젼마씸. 이게 믿어지쿠과?"

"와, 정말 놀랍네요!"

나는 입이 떡 벌어졌다. 어떻게 이런 기적 같은 일이 있을 수 있단 말인가. 나는 어느새 어르신의 얘기에 쑤욱 빠져들어서 다음 말을 기다렸다.

"과장님도 저녁 전이지예? 이럴 게 아니라 우리 어디 가서 국밥이라도 한 그릇 하면서 얘기하게마씸. 나도 배가 고프니까."

"아, 말씀은 감사한데 저는 괜찮습니다."

"그러지 말고 같이 가게마씸. 나도 혼자 먹기도 그렇고, 그동안 과장님이 흙 고르느라 고생하는 거 다 지켜봤수다. 내가 고마워서 언제 한번 꼭 밥을 사야지, 하고 생각하고 있었수다."

나는 더는 사양할 말을 찾지 못해서 엉거주춤 어르신과 같이 황토 어싱광장 바로 앞에 있는 식당으로 향했다. 나는 속으로 틈을 봐서 내가 얼른 먼저 계산해야지, 하고 생각하고 있었다.

그런데 어르신도 나의 생각을 미리 아셨는지 시래기 뼈다귀탕 두 개를 주문하면서 바로 계산을 해버리셨다. 할 수 없이 감사하다는 말과 함께 자리에 앉았는데, 어르신이 핸드폰에서 사진 한 장을 찾아서 내게 보여주었다.

"이것 좀 봐봅써."

"이게 뭡니까?"

어르신이 내민 핸드폰 화면에는 알 수 없는 숫자들이 빼곡하게 적혀 있었다.

"그게 나 전립선암 수치 검사 결과우다. 지금까지 계속 검사를 해왔는데 내가 보고도 믿을 수가 어서마씸. 여기 봅써. 지난해 6월 19일 수치는 1,774고, 8월 28일에는 375, 그리고 11월 20일에는 6.4로 확 낮아지더니 올해도 2월 13일에는 글쎄 1.3까지 떨어졌수다. 그러더니 5월 3일에는 0.683, 7월 26일에는 0.293으로 나완마씸. 정말 기가 막히지 않으꽈?"

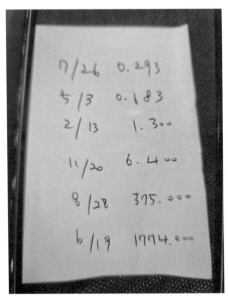

어르신이 보여준 암 수치 검사 결과

나는 종이에 적힌 수치를 보며 다시 한번 깜짝 놀랐다. 그저 느낌으로 나은 것 같은 게 아니라, 이렇게 정확한 수치까지 있으니 이건 확실한 기적이었다.

"사람들이 이걸 봐도 안 믿읍다. 뭐 다른 게 있겠지, 하는데 약은 먹던 대로 계속 먹었고, 다른 거라곤 여기서 매일 한 시간 이상 맨발로 황토광장을 걸은 것밖에 어수다. 그러니 내가 과장님한테 밥 한번 사는 걸로 되쿠과? 생각할 때마다 고맙다고 큰절이라도 하고 싶은 심정이우다."

"어르신이 건강을 회복하신 게 저한테는 제일 큰 선물입니다. 정말 저도 기쁩니다."

나는 도리어 하루도 빠짐없이 어싱광장을 믿고 이용해 주신 어르신께 고마웠다. 그러고 보니 어르신은 아무리 봐도 암 투병 환자같이 보이지 않았다. 목소리에도 힘이 있고 혈색도 좋아서 정상인보다도 더 건강해 보였다.

"정말 고맙수다……."

하고 싶은 말을 다 하고 난 뒤 어르신은 끝내 감회에 겨운 표정으로 눈가가 촉촉해졌다. 나도 뭉클한 마음에 코끝이 찡했다. 그날 먹은 시래기 뼈다귀탕은 내가 먹어 본 뼈다귀탕 중에서 가장 맛있었다.

황토어싱을 하고 나서
말기 전립선암이 나왔다는 어르신

숨골공원 황토 어싱광장 이용 후기

– 김영란(서귀포시 호근동 주민)

내가 숨골공원 황토어싱광장을 찾아서 맨발 걷기를 시작한 것은 어싱광장 개장 후 한 달쯤 후인 2023년 7월 29일이었다. 날짜를 정확하게 기억하는 것은 황토 맨발걷기를 시작하게 된 것이 내 인생의 큰 전환점이 되었기 때문이다. 황토 어싱광장은 나에게 기적 같은 선물을 선사했다.

나는 감귤 농사를 짓고 있어서 따로 운동할 만한 여유 시간도 없었고 필요성도 느끼지 못했다. 감귤밭 일만 해도 나의 기본 운동량을 충족한다고 믿었기 때문이다. 온종일 일하고 집에 들어오면 나는 피곤이 몰려와 만사가 귀찮아져서 꼼짝도 하지 않았다. 겨우 밥을 차려 먹고 식곤증으로 잠을 청하는 일이 반복되다 보니 몸은 점점 무거워지고 무기력해졌다. 살이 찌면서 움직이는 것이 둔해지자 언제부턴가 무릎관절에 이상 증세가 찾아왔다. 걸을 때 무릎이 아파서 걷기 어려운 지경에 도달해서야 나는 나쁜 습관이 내 몸을 망가뜨리고 있었다는 것을 깨달았다. 뒤늦게 병원에 가서 연골 주사를 맞으면서 치료를 했지만, 통증은 쉽게 나아지지 않았다. 결국, 무릎 수술을 고려할 정도로 막다른 골목에 다다랐을 때 숨골공원 황토 어싱광장에 대해서 듣게 됐다. 수술을 선택하기 전에 마지막으로 최선을 다해 보자는 마음으로 황토 어싱광장을 찾았다. 그런데 처음 경험해본 황토 어싱은 나의 상상 그 이상이었다. 운동장처럼 넓은 황토 광장에서 찰진 반죽처럼 말랑말랑한 황토 위를 걸으며 나는 어린 시절 친구들과 흙장난

하던 때로 돌아간 듯한 즐거움과 자유로움을 느꼈다. 맨발로 땅을 걸으며 하늘을 바라보니 파랗게 드넓은 하늘이 나의 품 안으로 들어오는 것 같았다. 정해진 길이 아니라 동서남북 아무 곳이나 마음대로 걸을 수 있다는 것이 이렇게 신선한 자유를 선사할 줄은 나도 황토 어싱광장을 걷기 전까지는 알지 못했다.

신발을 신고 땅을 걷는 것이 힘든 나였는데 이상하게도 황토 위를 걷는 것은 훨씬 더 수월했다. 그렇게 해서 나는 매일 아침 한 시간씩 어싱광장을 걷기 시작했다. 몇 개월이 지난 후부터는 점심을 먹고 나서 낮잠을 자던 시간에 대신 걸으러 어싱광장으로 향했다. 일 년 동안 비가 오나 눈이 오나 걷기를 꾸준히 하다 보니 무릎 통증도 사라졌고, 몸도 점점 가벼워졌다. 다리에 힘이 붙어서인지 길을 걷는 것도 수월해졌다. 그뿐만 아니라 식이요법과 어싱광장 걷기를 병행하면서 몸무게가 10kg이나 줄었다. 나뿐만 아니라 주변 사람들도 깜짝 놀랄만한 변화였다. 어싱광장을 걸으며 나는 새로운 사람으로 태어났다. 그것을 나는 '신인류 어싱인간'이라고 칭하고 싶다.

어떤 날은 아무도 없는 황토 어싱광장을 나 혼자 독차지하고 걸을 때가 있다. 그럴 때면 나는 산티아고 순례길을 걷는 상상을 해보곤 한다. 나에게는 혼자 몰래 간직하고 있는 꿈이 있다. 세계인들에게 사랑받는 성지순례 길인 산티아고를 걷고 싶다는 꿈이다. 나이가 들고 몸이 약해지면서 나의 꿈도 수그러들었지만, 어싱광장을 걸으면서 나의 꿈은 다시 살아나고 있다. 한 달 이상을 무거운 배낭을 메고 수십 킬로미터를 걸어야 하는 성지 순례길은 나에게 또 다른 도전의 상징이다. 설사 그 꿈이 이루어지지 않는다고 해도 꿈을 갖고 사는 것은 나에게 행복감과 활력을 준다.

　황토 어싱광장에서 맨발걷기를 하면서 김영철 과장님을 자주 만났다. 레기를 들고 흙 고르기를 하는 그의 모습은 한결같아서 믿음직스럽고 든든하다. 나에게 건강을 되찾아준 어싱광장이기에 김영철 과장님의 수고에 늘 감사한 마음을 갖고 있다. 서귀포 시민으로서 이런 좋은 혜택을 맘껏 누릴 수 있다는 것이 내게는 큰 행운이다.

우중어싱, 행복한 홀릭(2023 사진공모전 장려상_김영란)

06

맨발로 걷는 기적,
황토가 주는 선물

황토 어싱광장에서 이용객들을 만나다 보면 나로서도 믿기 힘든 놀라운 효과에 대한 체험담을 듣게 될 때가 종종 있다.

어느 날 이용객 중 한 남자가 내게 다가와 자신의 이야기를 들려주었다. 그는 코로나 백신 후유증으로 인해 안검연축 증상이 생겨서 고생했는데 황토어싱을 통해서 회복됐다고 말했다. 안검연축은 눈꺼풀 떨림 증상의 대표적인 뇌신경 질환이다. 눈꺼풀은 눈둘레근이라는 눈을 감는 근육으로 둘러싸여 있는데, 눈둘레근 신경에 이상이 생겨서 제대로 조절되지 않을 때 과도한 수축으로 인해 눈 떨림 증상이 생긴다.

나는 너무 신기해서 그의 체험담을 좀 더 자세히 알려 달라고 했다. 그러자 그는 자신의 경험담을 직접 글로 써서 나에게 전해주겠다고 했다.

코로나 백신의 후유증
안검연축을 황토어싱으로 치유하다

– 강정코아루 관리사무소장 이기호

2021년 코로나19로 인해 정부에서는 전 국민에게 강력하게 백신 접종을 권고했다. 직장생활을 하던 나는 의무적으로 백신을 접종해야만 했다. 아내는 불안해하며 백신 접종을 만류했지만 나는 이미 접종한 다른 사람들도 별일 없으니 괜찮을 거라면서 아내를 안심시켰다.

사실 운동을 좋아하는 나는 건강에 어느 정도 자신감이 있었다. 그래서 부담 없이 1차 접종을 했다. 나의 예상대로 접종 후 별다른 증상은 없었고 4개월 후에 편안하게 2차 접종을 했다. 2차 접종 후에도 별 증상이 없었기에 나는 안심했다. 그런데 2차 접종을 한 지 3일쯤 지나서 아침에 일어났는데 아내가 갑자기 놀란 표정으로 나를 보며 말했다.

"자기야, 왜 자꾸 눈을 깜빡거려?"

"뭐? 난 잘 모르겠는데……?"

별 증상을 느끼지 못하고 멀뚱멀뚱하게 쳐다보는 나에게 아내가 거울을 비춰주었다. 그 순간 나는 깜짝 놀라고 말았다. 나도 모르게 눈을 깜빡이면서 인상을 쓰고 있는 것이 아닌가. 그때부터 눈이 뻐근해지면서 점점 증상이 악화되기 시작했다.

다음 날, 나는 급하게 서귀포의료원 안과에 가서 진료를 받았다. 진료 결과 안구건조증이라는 진단을 받았고, 항생제와 안약을 처방받았다. 그런데 2주 동안 꾸준히 치료했는데도 불구하고 증상은 점점 더 심해졌다.

'지금까지 아파서 병원 한 번 간 적이 없는 나에게 이런 일이 생기다니.'

나는 내게 닥친 현실을 믿을 수가 없었다. 아침에 일어나 운동으로 시작하는 것이 삶의 즐거움이었던 나에게 시력 장애가 생길 줄은 상상조차 해 본 적이 없기 때문이다. 밀어닥치는 절망감을 애써 누르며 가족을 생각해서 나는 마음을 다잡았다. 특히 암 투병을 하시다가 완치되신 지 얼마 되지 않은 어머니를 생각해서라도 치료에 전념해야겠다고 생각했다.

나는 좀 더 정확한 진찰을 받아보기 위해 두 차례에 걸쳐 추가 진료를 받았다. 병원에서는 점점 더 증상이 심해지자 최종 진료에서 안검연축이라고 진단했고, 보톡스 치료를 권유했다. 나를 진료한 안과 과장은 제주시에 있는 안과 전문병원을 추천해 주었다.

나는 점점 우울감에 빠져 마음이 심란해졌다. 백신 접종 후유증은 나의 모든 일상을 망가트려 버렸다. 어쩔 수 없이 나는 그렇게 좋아하던 운동도 쉬면서 치료에만 집중했다.

병원에서 준 약을 먹으면서 매일 따뜻한 수건으로 온열 마사지를 하고 생리식염수로 온수 마사지를 했다. 그러다가 아예 온열 마사지 기계를 사서 하루에 수차례 마사지를 했다. 그래도 좀처럼 증상은 호전될 기미가 보이지 않았다.

결국, 사람과 마주 앉아 눈을 보고 이야기를 하지 못하게 됐고, 눈이 감겨서 손가락으로 눈꺼풀을 빚쳐야만 할 정도로 심각한 지경이 됐다. 길을 걷다가 행인과 부딪치고, 돌부리에 걸려 넘어지는가 하면 나뭇가지에 긁혀 상처를 입는 일도 빈번하게 발생했다. 그렇게 2년의 세월을 보내면서 아내의 손을 잡고 산책이라도 해야 할 것 같아서 운동장을 돌면서 정처 없이 시간을 보냈다.

이러다가 아예 앞을 보지 못하는 건 아닐까, 하는 불안감이 엄습했다. 다른 치료법을 찾다가 지인의 소개로 서울의 한방병원을 찾아서 침과 한약 치료를 받았지만 별다른 효과를 보지 못했다.

그러던 중 아내가 어디선가 들은 황토 어싱광장의 효과에 대한 이야기를 전해 주었다. 나는 지푸라기라도 잡는 심정으로 반신반의하면서 황토광장에서 맨발걷기를 시작했다. 그런데 놀라운 일이 벌어졌다.

처음 한 번 했을 때 눈의 불편함이 조금 부드러워지는 것을 느낄 수 있었다. 그리고 다음 날 다시 황토 맨발걷기를 하자 전날보다 더 눈의 불편함이 줄어드는 것을 느낄 수 있었다. 나로서는 믿기 힘든 놀라운 일이었다.

나는 아내와 상의하여 일주일 후부터 한의원 침 치료를 중단하고, 한약도 하루에 두 번에서 한 번으로 줄였다. 그리고 본격적으로 저녁 시간에 황토 어싱광장에 가서 매일 한 시간 이상씩 맨발걷기를 했다.

그러자 차츰 병세가 호전되어 한약마저 끊어도 될 정도가 됐다. 특히 내가 좋아하는 운동을 다시 시작할 수 있게 된 것이 가장 큰 변화였다. 아직 완전히 회복된 것은 아니지만 나 혼자 앞을 보며 걸을 수 있게 됐고, 운동할 때 불편함이 많이 줄어서 다른 사람들과 경기도 할 수도 있게 됐다.

이렇게 회복된 것이 기적처럼 느껴진다. 온갖 치료에도 낫지 않았던 병이 고작 황토 위를 맨발로 걷는 것으로 치유가 됐다니 그저 놀라울 뿐이다.

노래하는
당근 할머니

"아이고, 오늘도 수고하시네요!"

쇠갈퀴를 들고 작업하고 있는 나에게 누군가 말을 걸어왔다. 고개를 돌려 보니 70세가 조금 넘은 듯한 할머니 한 분이 활짝 웃으며 서 있었다. 어싱광장에서 자주 뵙던 분이었다.

"아, 안녕하세요?"

나는 이마에 흐른 땀방울을 닦으며 반갑게 인사했다.

"제가요, 여기에 매일매일 나오거든요. 그런데 여기 와서 운동하고 나면 잠이 얼마나 잘 오는지 몰라요."

"하하, 정말 잘됐네요. 황토어싱 효능을 톡톡히 보시는군요."

"그뿐인 줄 아세요? 요기요, 바로 요기 제 손등에 보기 싫은 사마귀가 한 개 있었거든요. 그런데 여기 와서 황토를 바르고 나니 거짓말처럼 싹 없어졌지 뭐예요? 정말 신기해요.

보세요, 지금 없죠?"

할머니는 내 앞에 자랑스럽게 손등을 내밀어 보이며 뿌듯한 표정을 지었다.

"오, 정말 신기하네요."

"그래서 요즘은 아예 다리며 손이며 얼굴까지 다 황토를 바르면서 팩을 해요. 그랬더니 피부가 너무너무 좋아진 거 있죠."

"그렇군요. 어쩐지 피부가 좋아 보이시더라고요."

어싱광장에 있다 보면 처음 보는 사람들과도 마치 이웃과 골목길에서 만난 것처럼 친근하게 이야기를 나누게 된다. 숫기가 없는 편인 나도 이상하게 어싱광장에만 오면 말이 술술 나온다. 급기야는 이용객들과 농담을 나눌 만큼 발전했으니 스스로 놀라울 지경이다. 아마 내가 정성껏 가꾸는 황토 어싱광장을 열심히 이용해 주는 한 분 한 분이 너무나 소중하고 귀하게 여겨져서인 것 같다. 마치 새로 개업한 가게에 손님이 들어오면 반가운 것처럼 말이다.

"과장님께서 이렇게 맨날 나와서 수고해 주셔서 제가 얼마나 감사한지 몰라요."

"아이고, 저야 당연히 해야 할 일을 하는 것뿐인데요, 뭘……."

사람들이 고마움을 표할 때마다 내가 너무 과한 대우를 받는 건 아닐까 싶어서 조심스러웠다. 과유불급이라고 뭐든 과하면 좋지 않다고 믿기 때문이다. '어싱광장 관리를 사람이 없을 때 해 볼까?' 하는 생각도 해 봤지만, 이른 새벽부터 밤 늦게까지 이용하는 사람들이 있으니 그것도 쉽지 않은 노릇이었다.

"아유, 아니에요. 제가 살아보니까 사람들이 자기 일이라고 다 과장님처럼 열심히 하지는 않더라고요. 그래서 제가 과장님 사진을 몇 장 찍어서 당근에 올렸지 뭐예요, 호호."

"예? 당근에요?"

그러잖아도 사람들의 고맙다는 말이 부담스럽던 차였는데, 마른하늘에 날벼락처럼 사진이라니. 나는 놀라서 할머니를 쳐다보았다. 그러자 할머니는 어린아이처럼 천진난만한 표정으로 말했다.

"당근에 '칭찬합시다'라는 게 있거든요. 거기에 올렸더니 글쎄, 삼천 명이 넘는 사람들이 확인했지 뭐예요."

내 사진이 알지 못하는 어딘가에서 표류하고 있다니! 나는 무척 당황스러웠다.

"아무튼…… 좋게 봐주셔서 감사합니다."

나는 쑥스러운 마음에 얼른 그 자리를 벗어났다. 혹시라노 지인들이 그 사진을 보고 나서 엉뚱한 오해를 할까 봐 걱정되기도 했다. 하지만 이미 엎질러진 물이었다. 그럴 땐 담담하게 받아들이는 것이 상책이다.

다시 쇠갈퀴를 고쳐 잡고 하던 일을 시작하는데, 어디선가 아름다운 노랫소리가 들려왔다. 마치 가수 패티 김의 목소리와 비슷해서 듣기에도 좋았다. 누군가 싶어서 돌아봤더니 놀랍게도 바로 방금까지 나와 대화를 나눴던 문제의(?) 그 할머니였다.

할머니는 돌하르방 옆에서 핸드폰을 틀어 놓고 반주에 맞춰 패티 김 노래를 부르고 있었다. 그러고 보니 할머니의 외모도 패티 김을 닮은 것 같았다. 할머니의 노래 실력은 가수 뺨칠 정도로 상당했다. 마침 부근에서 어싱을 하던 다른 사람들도 할머니의 노래를 경청하다가 노래가 끝나자, 박수를 치며 환호해 주었다. 할머니는 소녀처럼 수줍은 표정을 지으며 다시 어싱을 계속했다.

퇴근 후, 나는 문득 오늘 어싱광장에서 노래를 부르던 할머니가 떠올라 일부러 당근 앱을 찾아보았다. 과연 할머니의 말씀처럼 '칭찬합시다' 코너에 할머니가 올린 나의 작업 사진이 여러 장 올라와 있었다. 머쓱하고 부끄러운 마음에 얼굴이 화끈 달아올랐다.

하지만 노래하던 할머니의 소녀 같던 표정을 떠올리니 그다지 불쾌하지는 않았다. 할머니가 어떤 마음으로 내 사진을 올렸을지 상상할 수 있었기 때문이다. 나를 칭찬해 주고 싶은 할머니의 마음만큼은 온전히 감사함으로 받고 싶어서, 나는 부끄러움을 내려놓고 아내를 불러서 오늘 있었던 일을 이야기하며 사진을 보여줬다.

"당신 일 열심히 했나 보네. 이렇게 거한 칭찬도 받고, 하하."

아내의 한마디에 나는 그만 같이 웃고 말았다. 갑작스러운 칭찬 세례에 당황했던 마음이 가볍게 날아가는 것 같았다.

할머니가 당근 사이트에 올린 게시글

뜻밖의 선물

"과장님!"

퇴근 후 어싱광장에 가서 땅 고르기 작업을 하고 있는데 어디선가 나를 부르는 소리가 들렸다. 뒤를 돌아보니 머리가 하얀 할아버지 한 분이 나를 향해 급하게 걸어오고 있었다. 어싱광장에 매일 오시는 단골 이용객이셨다.

"안녕하십니까?"

나는 할아버지를 향해 반갑게 인사를 건넸다.

"과장님이 언제 오시나 한참 기다렸어요."

"예? 저를요?"

할아버지는 내게 꾸러미 하나를 건네며 싱긋 웃었다.

"이거 줄라고요."

"이게 뭡니까?"

"별건 아니고, 티셔츠예요. 과장님 생각이 나서 기념으로 하나 사 왔어요.”

“아! 문경새재 걷기 행사에 다녀오셨군요.”

나는 그제야 얼마 전 할아버지가 나에게 문경새재 걷기 행사에 같이 가자고 제안했던 것이 떠올랐다. 나도 같이 가고 싶었지만, 선약이 있어서 아쉽게 함께하지 못했었다.

“이런 걸 챙겨주시다니 정말 감사합니다.”

“이번에 내가 20킬로를 걸었어요. 걸으면서 과장님 생각이 어찌나 나던지……. 그래서 내 것 사면서 과장님 것도 하나 더 산 거예요.”

“그러셨군요, 감사합니다.”

할아버지는 뿌듯한 표정으로 나를 바라보았다. 나는 얼른 꾸러미를 열어서 기념 티셔츠를 꺼내 보았다.

“티셔츠가 예쁘네요. 정말 맘에 듭니다.”

“맞을지 모르겠네요.”

“딱 맞겠는데요.”

나는 그 자리에서 티셔츠를 입어보았다. 그 모습을 할아버지는 흐뭇하게 바라보았다.

올해 79세인 할아버지는 인천시 부평에서 살다가 17년 전에 제주도로 이사를 왔다. 젊은 시절 작은 중소기업에 다니던 할아버지는 나이가 들어 퇴직한 후 다른 직업을 찾지 못했다. 그 후 아내를 먼저 떠나보내고 자식들의 짐이 되기 싫어서 무작정 제주도에 내려와 지금까지 정부 지원금과 아르바이트를 하면서 열심히 살고 있었다.

　그러니 비행기를 타고 육지까지 건너가서 문경새재 걷기 행사에 참여한 것은 할아버지에게 큰 결정이었을 것이다. 그런 할아버지가 지금 나에게 귀한 티셔츠를 선물한 것이다.

　"어르신. 저하고 기념사진 한 장 찍으시지요. 이 티셔츠는 제가 기념으로 오래오래 잘 간직하겠습니다."

　내가 핸드폰을 가져오자, 할아버지는 내 옆에 서서 자세를 취하셨다. 그렇게 해서 할아버지와 나의 소중한 기념사진 한 장이 생겼다.

　"아버님은 잘 계시지요?"

　"예, 그럼요."

　"안부 전해 주세요."

　언젠가 나의 아버지가 어싱광장에 온 적이 있었는데, 그때 어싱을 하던 할아버지와 만나 담소를 나눈 적이 있었다. 그 후 할아버지는 나를 보면 잊지 않고 내 아버지의 안부를 묻곤 했다.

　할아버지는 말을 마치자마자 얼른 세척장으로 향했다.

　어싱광장 개장 후 하루도 빠짐없이 매일 오고 있다는 할아버지에게 내가 어떻게 그렇게 하실 수 있는지 물었을 때 할아버지는 대답했다.

"내가 스스로 약속한 게 있어요. 천 일 동안 하루도 거르지 않고 어싱광장에서 운동해야겠다고요. 나이도 있고 하니 가끔 피곤해서 쉬고 싶을 때도 있어요. 그래도 나 자신과의 약속을 깨고 싶지 않아서 매일 열심히 나와요. 그래서인지 별다른 병 없이 지금까지 건강하게 잘 지내고 있어요."

나는 삶을 대하는 할아버지의 진지하고 성실한 태도에 깊은 감명을 받았다. 다른 사람과의 약속조차 쉽게 저버리는 요즘 세상에서 자신과의 약속을 꿋꿋하게 지켜내는 할아버지가 새삼 존경스러웠다.

어싱광장 땅 고르기를 마치고 운전해서 집으로 돌아오는 차 안에서 나는 조수석에 놓인 할아버지의 선물을 보며 미소를 지었다. 그 티셔츠 한 장에 담긴 할아버지의 따스한 정을 느끼면서 나는 하루의 피로를 깨끗하게 씻어낼 수 있었다.

어르신께 선물 받은 티셔츠를 입고 함께 기념사진을 찍었다

09

꼬맹이들의
황토 체험

어싱광장이 생동감이 넘치면서 잔칫집처럼 떠들썩한 날이 있다. 바로 귀여운 꼬맹이들이 체험학습을 하러 오는 날이다. 유치원이나 초등학교에서 어싱광장에 체험학습을 오는 날이면 나는 아침부터 마음이 설레면서 기다려진다.

황토 어싱광장에 도착한 아이들은 누가 먼저랄 것도 없이 황토 바닥으로 와르르 쏟아지듯 뛰어들었다. 발로 밟는 것이 성에 차지 않았는지 어떤 아이들은 손과 얼굴에까지 황토를 머드팩 하듯이 척척 바르며 즐거워했다. 옆에서 선생님들은 아이들이 넘어지거나 다치지 않도록 주의를 시키며 지켜보았다.

"할아버지, 그거 나도 좀 해봐도 돼요?"
초등학교 3학년쯤 돼 보이는 어린이 한 명이 내가 들고 있는 쇠갈퀴를 호기심 어린 표정으로 쳐다보며 물었다.

"이거 무거운데 할 수 있겠어?"

"예! 할 수 있어요! 저 힘 엄청 세요!"

아이는 온몸의 힘을 끌어모아 차렷 자세를 하듯 힘차게 대답했다. 내가 쇠갈퀴를 내밀자, 아이는 신이 나서 얼른 쇠갈퀴를 받아 들고는 내가 하던 것처럼 황토를 고르는 시늉을 했다. 그 모습이 어찌나 귀엽고 사랑스러운지 나는 옆에서 바라보다가 끝내 소리 내어 웃고 말았다. 어느새 아이의 옷은 황토 범벅이 되었다. 그래도 재밌는지 아이는 쇠갈퀴를 들고 이곳저곳을 휘젓고 돌아다녔다. 나중에는 아이의 이마에도 땀이 송골송골 맺혔다.

"힘들지 않아?"

"힘들지 않아요! 재밌어요!"

나의 질문에 아이는 여전히 씩씩하게 대답했다.

"예전에 시골에 있는 할아버지 집에 가서도 이런 거 해 본 적 있어요. 내가 도와주니까 할아버지가 엄청 좋아했어요."

아이의 한 마디 한 마디에서 할아버지에 대한 사랑이 묻어났다. 나는 아이가 귀엽다 못해 기특해 보였다. 내가 쇠갈퀴를 들고 일하는 모습에서 할아버지가 일하시는 모습이 보였나 보다. 그래서 거들어주고 싶은 마음에 쇠갈퀴를 달라고 한 거였구나. 나의 가슴에 잔잔한 감동의 파문이 일었다.

잠시 후 친구가 나타나자, 아이는 마지못해 쇠갈퀴를 나에게 돌려주고 친구와 함께 토끼처럼 쪼르르 저쪽으로 뛰어갔다.

　초등학생들이 서로에게 황토를 묻히며 장난하는 동안 유치원 꼬맹이들은 옆에서 삼삼오오 모여 앉아 고사리 같은 작은 손으로 황토를 조몰락거리면서 뭐가 그리 즐거운지 깔깔거리며 좋아했다. 그 순간 황토는 아이들에게 최고의 촉감 놀이 재료가 되었다. 어싱광장이 어른에게만 필요한 공간이 아니라 아이들에게까지 좋은 놀이터가 될 수 있다는 것이 나는 몹시 흐뭇하고 만족스러웠다.

　어싱광장 한가운데 서 있는 돌하르방은 아이들의 관심과 사랑을 독차지했다. 아이들은 돌하르방 몸에 흙을 묻혀서 옷을 입혀주는 일에 열심이었다. 어느새 돌하르방은 황토 옷을 입고 서 있었다.

　아이들 웃음소리에 둘러싸여 시간을 보내니 하루의 피로가 한순간에 다 날아가는 것 같았다.
　실컷 놀고 난 아이들이 돌아갈 시간이 되자 나는 미리 준비해 둔 어싱광장 달력과 손수건을 기념품으로 선물했다. 선물을 받아 들고 마냥 좋아하는 아이들을 바라보며 어싱광장을 통해 그 아이들이 더 건강하고 해맑게 자라주기를 마음속으로 바랐다.

황토 맨발걷기 체험학습을 하고 있는 어린이들

황토 어싱광장에서 놀고 있는 아이들

황토놀이(2024 어싱광장 사진공모전 장려상_변선주)

10

어싱광장을 찾은
라트비아 대사 부부

어느 날, 사무실 내 책상 위에 놓인 전화벨이 울렸다.

"안녕하십니까? 공원녹지과장 김영철입니다."

"과장님, 안녕하세요? 저는 정달호라고 하는데요, 제가 어싱광장에 자주 와서 어싱을 하면서 글을 좀 써봤는데요, 실례가 안 된다면 제가 쓴 글을 과장님께 전달하고 싶습니다."

그는 지금은 칼럼니스트로 일하고 있는 정달호 전 대사였다. 70대 중반의 그는 전직 외교관 출신으로서 이집트 대사를 마지막으로 역임한 후 퇴직했다. 그러다가 14년 전에 우연히 제주 여행을 왔다가 제주의 매력에 빠져 결국 서귀포에 정착하게 됐다고 한다.

"서귀포시에 황토 어싱광장이 생겼다는 소식을 듣고 제가 얼마 전에 가봤습니다. 그런데 도심 속 저류지에 황토 어싱광장을 만들다니 아이디어가 기가 막힙니다. 맨발걷기를 해

봤는데 정말 좋더라고요. 자연환경과 어우러진 황토 어싱광장이라서 그런지 아주 편안하고 안정감 있는 공간이었어요."

"하하, 그렇게 말씀해 주시니 감사합니다."

그렇게 해서 인연을 맺게 된 정달호 전 대사는 〈자유칼럼〉에 실린 자신의 글을 내게 직접 보내주었다. 그의 글에는 황토 어싱광장의 특징과 장점들이 잘 표현되어 있었다. 군더더기 없는 그의 글을 읽으며 나는 깊은 감동을 받았다.

제주에 살어리랏다

– 전직 외교관 정달호

제주가 앞서가면 전국이 따라 하는 게 더러 있는데 주로 자연을 활용하여 몸과 마음을 다스리는 것들입니다. 요즘은 '평화의 섬' 제주를 '힐링의 섬'이라고도 하죠. 천혜의 자연과 맑은 공기 자체가 힐링 효과를 가져온다고 하는 말일 겁니다. 명상과 힐링의 길로 알려진 제주 올레길을 본떠서 전국의 다른 지자체들이 산속에 둘레길을 만들었습니다. 거꾸로 제주도가 내지(內地)의 둘레길을 본떠서 한라산 속살을 파고드는 둘레길을 만들기도 했습니다. 올레길은 규슈, 스위스, 몽골 등지로도 퍼져나가 해외에서도 한때 '올레길' 만들기 바람이 일었습니다.

실은 올레길도 아이디어는 해외에서 가져온 것입니다. 제주 올레길을 창시한 서명숙 (사)올레 이사장에 따르면 피레네 산맥을 가로 지르는 산티아고 길(Camino de Santiago)에서 영감을 얻어 올레길을 만들었다고 합니다. 죽도록 고생해서 그 길을 다 걷고 나서 한 영국 친구와 작별 인사를 하는 순간 번뜩 영감이 스쳐 갔대죠. 그러고 나서 바로 고향 서귀포로 돌아와 제주 바닷가를 걷는 올레길을 시작한 것이죠. 우리는 바깥에서 배워와 우리 것으로 재창조하는 데에 이골이 나 있는 민족인가 봅니다. 우리나라의 경제 발전도 남의 것을 빌려와 우리 것으로 만드는 우리 민족의 남다른 재능을 백 퍼센트 활용한 결과로 볼 수 있지 않을까요.

제주 발명품 또 하나가 전국으로 퍼져 나갈 태세입니다. 이번에는 '황토광장'입니다. 서귀포 신시가지 숨골공원의 저류지(貯留池)를 메워 그 위에 황톳길을 조성한 것인데 웬만한 초등학교 운동장보다 더 넓습니다. 한 바퀴 돌면 4백 미터는 족히 되니 그 주변을 돌기만 해도 주민들의 건강에 도움이 될 그런 곳에 붉은 황토까지 깔아놓았으니 여간 명물(名物)이 아닙니다. 우리 집에서 멀지 않아 지난 7월 3일 개장 이래 벌써 여남은 번은 다녀온 것 같습니다. 더위를 피해 새벽이나 저녁에 가보면 현지 주민들뿐 아니라 서울 등 타 지역에서 온 분들도 눈에 띕니다. 이들은 자기 지역에도 이런 것이 있으면 얼마나 좋겠나, 하고 말을 주고받더라고요.

황토광장, 황톳길은 세계적인 맨발걷기 유행과 맞닿아 있습니다. 맨발 바닥에 닿는 황토의 성분을 흡수하며 걸음으로써 심신을 단련할 수 있다는 것이죠. 그 효능이 대단한 것으로 알려져 있는데 서귀포의 황토 어싱(earthing)광장을 소개하는 커다란 현수막에는 1. 불면증 완화 2. 근육량 강화 3. 혈액순환 개선 4. 골다공증 예방 5. 우울증 개선 등 다섯 가지를 구체적인 건강 효과로 적시하고 있습니다. 제가 경험한 바에 의하면 일단 수면 개선 효과는 확실해 보입니다. 뻑뻑한 흙길을 걸으니 근육 강화는 당연하고, 혈액순환도 분명 따라올 것입니다. 앞의 것들이 맞다면 나머지 두 개 효과에도 자연히 믿음이 가지 않을 수 없겠지요.

한번은 황톳길을 걷다가 서귀포시청 김영철 공원녹지과장을 만났습니다. 장마 후 염천에 흙이 너무 메말라서 스프링클러 장치 가동을 보살피는 중이었습니다. 저는 그 공무원을 통해 서귀포시 칭찬을 융숭하게 해 주었는데 여기 들인 비용 1억 4천만 원으로 한 달 만에 그 10배 이상으로 주민의 건강·행복 증진 효과를 가져온 것으로 본다 하였죠. 그리고 보니 서귀포시는 여러모로 행정이 잘 돌아간다는 생각이 들었습니다. 도로도 잘 정비되고 있으며 공원, 운동장 등 공공시설도 충분히 조성돼 있는 것으로 봅니다. 도처에 있는 무료 주차 시설, 관내 도서관 운영 시스템 등도 눈여겨볼 만합니다.

얼마 후, 정달호 전 대사로부터 갑작스러운 전화가 걸려왔다.

"과장님, 바쁘신 거 알지만 아주 중요한 일이라서 전화 드렸어요."

"예? 무슨 일이신데요?"

"내가 잘 알고 지내는 주한 라트비아 대사가 있는데 지금 제주에 와 있어요. 그런데 오늘 전화가 와서 서귀포에서 갈 만한 곳을 추천해 달라고 해서 제가 황토 어싱광장을 추천했지 뭡니까. 그랬더니 갑자기 당장 가보고 싶다는 거예요. 그래서 혹시 가시게 되면 과장님께서 안내를 좀 해 주실 수 있을까 싶어서 전화를 드렸습니다. 갑자기 이런 부탁을 드려서 죄송합니다."

"아닙니다. 저희한테도 황토 어싱광장을 알릴 좋은 기회니 감사한 일이지요. 그럼, 몇 시에 오실 계획입니까?"

"5시 반쯤 가려고 하는데 괜찮겠습니까?"

"알겠습니다. 준비하겠습니다."

나는 전화를 끊자마자 황급히 영어로 안내가 가능한 직원을 수소문해서 찾았다. 다행히 우리 과에 영어를 잘하는 강윤희 주무관이 있었다. 나는 강 주무관에게 상황을 설명한 후 동행하기로 했다. 외국 대사가 어싱광장을 찾는 일은 처음이라서 긴장이 됐다. 나는 얼른 라트비아에 대해서 검색해 보았다.

러시아와 접해 있는 라트비아는 EU에 속해 있으며 구소련에서 독립한 지 30년 정도 된 나라였다. 그래서 국민 중에 라트비아인 외에도 러시아인이 많다고 한다. 라트비아어가 있지만, 러시아계 라트비아인들은 러시아어를 사용할 만큼 일제강점기를 겪은 우리나라와 비슷한 아픔을 가진 나라였다. 그 사실 하나만으로 나는 라트비아에 대해 알 수 없는 친근감이 생겼다.

나는 간단한 안내자료를 챙겨서 강 주무관과 함께 어싱광장에 도착했다. 라트비아 대사 부부와 정달호 전 대사는 이미 도착해서 바지를 돌돌 걷어 올린 채 맨발로 황토어싱을 즐기고 있었다. 나와 강 주무관도 얼른 신발을 벗고 어싱광장으로 들어섰다.

"안녕하십니까?"

"아, 생각보다 빨리 오셨군요."

정달호 전 대사의 소개로 우리는 서로 간단한 인사를 나누었다.

"제가 사는 라트비아에는 이렇게 맨발로 걷는 광장이 없습니다. 흙의 촉감을 색다르게 느낄 수 있어서 아주 좋습니다."

"아, 그러시군요. 이렇게 찾아주셔서 영광입니다."

강 주무관이 통역을 잘해 준 덕분에 나와 라트비아 대사는 어렵지 않게 대화를 나눌 수 있었다. 강 주무관의 영어 실력은 내가 생각했던 것보다 월등해서 내심 놀랐다. 평소에는 차분하게 행정업무를 처리하는 모습만 보아서 강 주무관에게 그런 숨은 실력이 있는지 알 길이 없었다.

"저쪽에는 톱밥 촉감 체험장과 몽돌 발마사지 체험장도 있으니 같이 체험해 보시죠."

"오, 그렇군요. 그것도 체험해 보고 싶습니다."

톱밥 촉감 체험장으로 자리를 옮긴 라트비아 대사는 어린아이처럼 호기심 어린 표정으로 이곳저곳을 걸어보더니 나를 향해 엄지손가락을 들어 엄지 척을 해 주었다. 생소한 타국인으로부터 어싱광장을 인정받으니 기분이 좋았다. 라트비아 대사와 이런저런 대화를 나누며 어싱을 하다 보니 어느새 저녁 시간이 훌쩍 지나버렸다.

"혹시 라트비아 대사님께 다른 일정이 없으시면 저희가 오늘 오신 기념으로 간단하게 저녁을 대접하고 싶은데 한번 의향을 물어봐 주시겠어요?"

나는 정달호 전 대사에게 정중하게 물었다.

"아마 대사님 숙소에 어린 자녀분도 있고 해서 같이 식사하는 건 어려울 거예요. 그래도 한번 물어는 보지요."

뜻밖에도 정달호 전 대사의 질문에 라트비아 대사는 흔쾌히 저녁 초대를 수락했다.

"하하, 라트비아 대사께서 이곳이 아주 맘에 들었나 봅니다."

우리는 황토가 묻은 발을 씻고 어싱광장 근처에 있는 흑돼지 고깃집으로 자리를 옮겼다. 내가 평소에 즐겨 가는 식당이기도 했기에 고민 없이 바로 안내할 수 있었다.

다행히 라트비아 대사 부부는 노릇노릇 구워진 고기를 맛있게 먹으며 아주 만족스러워했다. 저녁 식사를 하며 라트비아 대사는 어싱광장이 어떻게 만들어지게 됐는지 질문했고, 나는 조성 과정을 간략하게 설명했다. 나의 설명을 들으며 라트비아 대사는 깊은 관심을 보이며 연신 고개를 주억거렸다.

"라트비아에도 이런 좋은 어싱광장이 생기길 소망합니다."

나의 설명을 끝까지 듣고 난 라트비아 대사가 말했다.

즐거운 저녁 식사를 마치고 우리는 아쉬운 마음으로 작별 인사를 했다. 계획에 없이 갑작스럽게 만들어진 저녁 식사 자리였지만 우리 모두에게 매우 유익한 시간이었다.

나는 렌터카를 직접 운전해서 숙소로 향하는 라트비아 대사를 배웅하며, 그의 소박한 모습에 깊은 감명을 받았다. 오늘은 황토 어싱광장에서 특별한 날로 기억될 것이다.

라트비아 대사 부부와 정달호 전 대사, 강윤희 주무관과 함께

황토 어싱광장을 즐기고 있는 라트비아 대사 부부

11

지울 수 없는 상처

"혹시 공원녹지과장님이신가요?"

다른 날과 마찬가지로 쇠갈퀴를 들고 땅 고르기 작업을 하는 나에게, 나이를 가늠하기 힘든 젊은 여성 한 분이 조심스럽게 말을 걸어왔다.

"아, 네. 맞습니다."

나는 일을 멈추고 그녀를 바라보았다.

"저는 학교에서 아이들을 가르치는 일을 하는 한상희라고 합니다. 지금은 교감직을 맡고 있어요. 그동안 우리 학교 선생님들한테 말씀 많이 들었습니다. 우리 선생님들이 여길 자주 오시거든요. 그래서 여기가 그렇게 건강에 좋다고 이구동성으로 저한테도 꼭 한번 가보라고 추천하더군요. 그런데 과장님 얘기도 하면서 가면 꼭 만나 보라고 하더라고요. 여기서 쇠갈퀴를 들고 땅 고르기 작업을 하는 사람이 있는데 그

분이 바로 이곳을 만든 과장님이시라고 하면서요.”

“아, 예. 그러셨군요. 선생님들이 저에 대해서 너무 과하게 말씀하신 거 같네요.”

나는 머쓱하게 웃으며 말했다. 젊어 보이는 그녀가 교감 선생님이라니, 나는 속으로 놀랐지만 내색하지는 않았다.

“혹시 실례가 되지 않는다면 우리 선생님들하고 식사 자리를 한번 마련하고 싶은데 과장님께서 꼭 참석해 주셨으면 합니다.”

“예? 아니, 괜찮습니다. 선생님들이 자주 이용해 주시는 것만으로 충분히 감사합니다.”

“아니 그게 아니고 다른 선생님들도 꼭 과장님하고 같이 식사 한번 하고 싶다고 해서 제가 대표로 청하는 것이니 꼭 초대에 응해 주셨으면 좋겠어요.”

정중하게 사양하던 나는 한상희 교감의 간곡한 강권을 더는 거절하는 것이 예의가 아닌 것 같았다.

“알겠습니다. 그럼, 시간을 한 번 맞춰보도록 하지요.”

“감사합니다.”

“하하, 제가 도리어 감사하지요.”

한 교감의 겸손한 태도에 내가 도리어 고개가 숙어졌다.

그로부터 며칠 후, 한 교감으로부터 전화가 걸려 왔다.

“혹시 내일 시간 어떠세요?”

"아, 괜찮습니다."

"잘됐네요."

한 교감은 식사 시간과 장소를 알려주었고, 나는 퇴근 후 시간에 맞춰서 약속장소에 나갔다. 거기에는 어싱광장에 자주 오시는 선생님들이 여럿 나와 있었다. 우리는 함께 식사하며 이런저런 많은 이야기를 나누었다.

알고 보니 한상희 교감은 4·3 피해자 중 한 사람이었다. 나 또한 4·3 피해자였기에 그녀의 아픔이 내 일처럼 다가왔다. 한 교감의 어머니는 여덟 살 때 4·3 사건을 겪으며 아버지를 눈앞에서 잃었다. 그런데 어느 날 한 교감이 꿈을 꿨는

어싱광장을 찾은 한상희 교감과 동료선생님들

데 바닷가 물속에서 뼈를 주워다가 공동묘지 비석에 올려놓
는 꿈이었다. 그 얘기를 어머니에게 하자 어머니는 "네가 할
아버지 꿈을 꾼 모양이구나" 하면서 할아버지에 관한 이야기
를 해 주셨다고 한다. 한 교감은 이후 4·3 사건에 관한 공부
를 시작했고, 나중에는 박사학위까지 받게 됐다고 한다.

　제주에서 나고 자라 대학 졸업 후 학교에서 역사 사회 교사
로 일해 온 한상희 교감은 제주 4·3과 관련된 책을 출간하기
도 했고, 유네스코 세계교육포럼에서 '제주에서 세계시민을
만나다'라는 주제 발표를 함으로써 4·3을 전 세계 사람들에
게 전하기도 했다. 그 이후에도 그녀는 현기영 작가, 강우일
주교, 김종민 4·3 위원회 위원과 함께 '왜 우리는 4·3을 말
하는가'라는 주제로 대담을 진행하는 등 꾸준히 4·3을 알리
는 일을 해 오고 있다.

　4·3 사건은 모든 제주 사람에게 지울 수 없는 상처였다.
그 상처를 말없이 싸안고 고통을 견디며 얼마나 속으로 많
은 피눈물을 흘리며 살아왔던가. 그 생각을 하면 가슴이 먹
먹해진다. 제주에서 태어나고 자란 나 역시 그 비극의 한 자
락을 잡고 살아온 사람이었다. 나는 4·3 사건으로 할아버지
와 외할아버지를 잃었다. 그 후유증으로 우리 가족은 오랫동
안 고통을 겪어야만 했다. 그런 고통을 안고 산 사람이 제주
에서 어디 한둘인가. 그것은 육지 사람들이 감히 헤아릴 수

없는 제주 사람들만의 처절한 비극이며 고통이었다. 그런데도 그동안 4·3 사건은 암묵적으로 제주 사람들 사이에서 감히 입으로 꺼낼 수도 없고, 꺼내서도 안 되는 복잡하고 조심스러운 아픔이었다. 그로 인해 피해자들은 이중의 고통을 겪을 수밖에 없었다. 그것을 오랜 세월이 지난 지금에서야 다시 들춰보고 그 상처를 어루만지는 작업이 더디게 이루어지고 있는 것은 늦은 감은 있지만, 다행스러운 일이다.

　한 교감으로부터 선물 받은 책『4·3이 나에게 건넨 말』을 읽으며 나는 깊은 감동을 받았다. 어제까지도 전혀 알지 못했던 타인이 하루아침에 나의 깊은 관심 속으로 들어왔다. 어싱광장이 맺어준 또 하나의 인연이 새삼 소중하게 다가왔다.

자신이 쓴 책『4·3이 나에게 건넨 말』을 선물해 준 한상희 교감

12

돌챙이 예술가
이야기

　여름이 되자 더위를 피해서 낮보다 저녁 시간에 어싱을 즐기는 이용객들이 많아졌다. 나는 퇴근길에 어싱광장을 한 바퀴 둘러보며 자주 오는 이용객들과 간단하게 인사를 나누었다. 그러고는 어싱광장 돌담 쪽을 돌아보는데, 한 남자가 돌담을 정비하는 작업을 하는 것이 눈에 띄었다.

　"수고 많으십니다. 늦게까지 작업을 하고 계시네요."

　내가 인사를 건네자 그는 웃으며 대답했다.

　"예, 여길 빨리 끝내야 다른 작업도 할 수 있어서요."

　나는 작업하는 남자 곁에 쪼그리고 앉아서 그가 쌓은 돌담을 자세히 들여다보았다. 구멍이 숭숭 뚫린 현무암 돌덩이들이 가지런하게 차곡차곡 쌓여 예쁜 돌담 모습을 갖춰 가고 있었다. 제주 돌담을 볼 때마다 얼기설기 쌓은 듯한 돌담이 수십 년 동안 모진 바람에 시달리면서도 무너지지 않는 것이 신기했다. 돌 사이에 난 바람구멍 때문에 돌담이 쓰러지지 않는다고 하니, 사람도 꽉 막힌 마음보다는 바람구멍 같은 여유가 있으면 힘든 일이 닥쳐도 쓰러지지 않겠구나, 생각됐다.

"아주 실력이 좋으시네요."

"내가 지금 50 중반인데, 이 일 시작한 지 25년째입니다."

"와, 정말 오래 하셨네요. 어쩐지 뭔가 좀 다르다 했어요."

"제가 이 돌챙이 일을 시작한 게 아주 웃겨요."

'돌챙이'란 돌을 쌓아서 각종 돌담을 쌓거나 돌하르방을 만드는 기술을 가진 사람을 일컫는 말이다. 제주에는 돌을 쌓아서 만드는 돌담의 종류도 다양하다. 집의 울타리를 만드는 집담, 무덤의 경계를 표시하는 산담, 밭의 울타리를 만드는 밭담이 있고, 마을의 재앙을 막기 위한 방사탑도 있다. 그만큼 제주에는 예로부터 돌챙이들이 하는 일이 많았다. 하지만 요즘은 돌챙이가 점점 사라지는 추세라고 들었다. 그래서인지 돌챙이를 눈앞에서 직접 만나니 그의 작업 과정 하나하나가 장인의 손길처럼 새롭게 보였다.

"어떻게 시작하게 되셨는데요?"

"제가 처음 우리 집을 지을 때 직접 돌을 쌓아서 지었거든요. 그런데 지나가던 사람들이 보고는 돌집을 너무 이쁘게 쌓았다고 해서 순식간에 소문이 난 거예요. 그러더니 이 사람 저 사람 소문을 듣고 찾아와서 자기 집 돌담도 쌓아 달라고 부탁을 하는 거예요. 그렇게 시작해서 돌챙이가 됐는데, 지금까지 왔지 뭡니까."

"그러셨군요. 아주 재밌게 일을 시작하셨네요."

"하하, 그렇지요. 요즘은 제주 토박이 돌챙이들이 많이 없어요."

"저도 그렇게 들었습니다. 그럼 어디서 사람을 구하나요?"

"육지에서 오지요. 그리고 재료도 요즘은 인조석보다 현무암을 동남아에서 수입해 와요. 수입 돌이 제주 돌하고 아주 비슷해서 거의 구분하기 힘들어요."

"그렇군요. 그런 사실은 처음 듣습니다."

"그야 뭐 저희 돌챙이들끼리 얘기니까 당연히 알 리가 없지요."

"하하, 그렇군요. 그럼 수고하십시오."

나는 자리에서 천천히 일어섰다.

"혹시 조여진 국장님 아십니까?"

갑자기 뜬금없이 그가 나의 소매 깃을 잡듯이 조심스럽게 물었다.

"예? 혹시 전에 도청에서 근무하다 퇴직하신 조 국장님 말씀이신가요?"

"예, 맞습니다."

"아, 알다마다요. 저도 기술직 공무원이라서 잘 알고 있지요. 아주 훌륭하신 선배 공무원이십니다."

"제 형님이세요."

나의 대답에 그는 머쓱한 듯 씩 웃으며 수줍게 말했다.

"예에? 정말요? 두 분이 전혀 분위기가 다르셔서 생각도 못 했는데, 동생이셨군요."

"제 형들이 다 공무원이에요. 그래서 부모님이 저한테도 형들처럼 공무원을 하라고 그렇게 권하셨는데 저는 공무원이 적성에 안 맞아서 도저히 못 하겠더라고요. 그래서 결국 미대에 갔어요."

"좋은 재능이 있으시면 그 길로 가시는 게 좋지요. 이 일도 예술적인 감각이 필요한 일 아닙니까."

"그렇긴 하지요."

그는 내가 그의 역성을 들어준 것이 기분 좋았던지 웃으며 대답했다.

문득 오래전 내가 처음 토목과를 지원하던 때가 떠올랐다. 중학교 3학년 때 일이었다. 같은 반 친한 친구들은 인문계나 실업계 중에서 어느 고등학교로 진학할 것인가를 두고 고민했다. 하지만 나는 고민 없이 기술고등학교를 선택했다. 그 이유는 기술고등학교 토목과를 다니던 동네 선배 때문이었다. 그 선배는 등교할 때 각진 책가방에 돌돌 말린 하얀 켄트 지와 T자를 끼워서 들고 다니곤 했는데 그 모습이 어린 나에게는 너무나 멋있게 보였다. 결국, 나는 토목 관련 공부를 계속하며 토목직 공무원으로 뿌리를 내리게 됐다.

"제가 여러 작업장을 다녀봤는데 과장님처럼 이렇게 현장을 열심히 챙기시는 분은 처음 봐요."

"하하, 그런가요. 저도 이 일이 좋아서 하니까 자꾸만 챙기게 되는 것 같습니다. 일하는 분들 입장에서는 귀찮을 수도 있지요. 그럼 잘 부탁드립니다."

자기가 좋아하는 일을 찾아서 할 수 있는 사람이 얼마나 될까? 나는 문득 내가 아끼고 좋아하는 황토 어싱광장에서 땀 흘려 일할 수 있다는 것이 큰 축복처럼 느껴졌다. 우리가 매일 먹는 쌀 한 톨에도 농부의 수고와 땀방울이 스며 있듯이, 무심코 길가에서 보이던 제주 돌담이 어느 돌챙이의 우직한 손길 끝에서 태어난다고 생각하니 소중하게 다가왔다.

어싱광장 돌담

13

황토 어싱광장이
동네 사랑방으로

아침에 어싱광장으로 출근해서 돌아보고 난 후 사무실에 도착하면 나는 먼저 습관처럼 일간지 신문을 훑어본다. 어느 날, 무심코 신문을 펼쳐보는 나의 시선을 확 사로잡는 글이 눈에 띄었다.

어느 시민이 기고한 서귀포시 황토 어싱광장에 관한 글이었다. 나는 관심을 갖고 글을 찬찬히 읽어보았다. 글을 읽으면 읽을수록 감동이 밀려왔다. 다 읽고 나서도 한참 동안 감동 속에 머물던 나는 직원들에게도 그 내용을 공유했다.

어싱광장에서 기체조 하는 사람들

황토 어싱광장을 즐기는 사람들

우리 동네 건강 사랑방,
황토 어싱광장

- 문상숙(서귀포시 대륜동 주민)
제주매일(2023.8.27.)

저는 서귀포 혁신도시에 살고 있는 시민입니다. 건강상의 이유로 하던 일도 그만두고 아무 희망 없이 하루하루를 보내던 중 조그만 텃밭 가꾸기를 하면서 몸과 마음이 편해지는 것을 느끼게 됩니다. 호기심에 흙과 연관된 건강정보를 찾게 되었고 맨발걷기(어싱, earthing)를 하며 건강을 되찾은 사람들의 이야기를 알게 되었습니다.

많은 사람들이 맨발로 흙을 밟으며 걷기운동을 하는 동안 발바닥 말초신경을 자극하여 지압 효과로 혈관 건강도 좋아지고 건강관리에 도움을 받고 있다고 합니다. 제가 살고 있는 주변에는 여러 이름으로 불리는 공원들이 조성되어 있어서 산책하기에 아주 좋은 환경입니다. 하지만 붉은 화산토가 깔려 있어서 맨발걷기에는 적합하지 않습니다. 그래도 아쉬운 대로 건강을 위해서 어싱 신발을 구입해서 걸은 게 2년 남짓 됩니다. 늘 어싱(접지)할 수 있는 곳이 있었으면 좋겠다, 생각했었는데 지난 7월 초, 서귀포시에서 숨골공원 내에 저류지 일부분을 활용하여 황토 어싱광장을 조성했습니다.

코로나 이후 일상생활의 활동량이 감소하고 사람들 만나기가 부담스러워 걱정이 많은 우리 시민들에게 아주 반가운 소식입니다.
이제 개장한 지 50여 일이 됩니다. 적지 않은 사람들이 이곳을 이

152

용하면서 우리 동네의 자랑거리가 되고 있습니다. 600평 정도 되는 공간에 조성된 황토 어싱광장은 시민들의 만남의 장소이자 건강 놀이터로 입소문을 타면서 많은 사람들을 불러 모으고 있습니다.

저도 이제 그곳에서 매일 어싱을 하고 있습니다. 촉촉한 황토를 밟고 전해지는 시원함과 자극이 기분을 좋게 합니다. 어싱광장에서 매일 새로운 사람을 만나고 인사하고, 웃고 지내는 것이 어느새 소소한 일상의 행복이 되었습니다.

오늘도 어싱광장에서 만난 사람들이 맨발로 황토를 밟으면 혈액순환이 잘되어 발이 따뜻해지고, 잠을 잘 자게 되며 스트레스 해소에 도움이 된다고 합니다. 그뿐만 아니라 무좀이 나아지고 혈당수치와 콜레스테롤 수치가 낮아졌다는 소식들을 전하며 열심히 황토를 밟고 있습니다.

마치 어린 시절로 돌아간 듯 즐거워합니다. 어린아이들도 황토를 뒤집어쓰고 뒹굴며 좋아합니다. 스마트폰과 게임을 좋아하는 요즘 아이들 모습과는 사뭇 다른 건강한 놀이 활동입니다.

서귀포 시민들의 건강지표가 전국 최하위 수준이라고 합니다. 다른 지역에서도 어싱 효과가 알려지면서 맨발걷기 황톳길 만들기에 힘쓰고 있다고 합니다. 저는 앞으로도 황토 어싱광장 시설이 더 좋게 개선이 되고 관리를 지속한다면 서귀포 시민들의 건강이 개선되는 데 큰 역할을 하는 건강과 치유의 명소가 될 거라고 생각합니다.

우리 함께(2024 어싱광장 사진공모전 최우수상_이혜숙)

어싱광장에서
맨발걷기

— **백진주**(전남여자상업고등학교 교사)

삼다일보(2023.11.19.)

서귀포 시민이면서 타지 생활을 하다 보니 서귀포에 대한 정보가 좀 늦다. 박 선생이 우리 집 근처에 황토로 만든 맨발걷기에 좋은 곳이 생겼다고 알려주었다. 아침 일찍 아이를 출근시키고 시간이 있어서 어싱광장에 도착했다.

'그라운딩'(grounding)이라고 불리는 '어싱'(earthing)은 의학 활동 중 하나이다. 개인의 물리적 및 정신적 행복을 촉진하기 위해 땅의 자연 에너지와 접촉하는 활동이다. 인체의 불필요한 전기 에너지는 땅으로 흘려보내고 땅에 있는 건강한 전자 에너지(음이온)는 다시 인체에 흡수시키는 것이 어싱의 목적이다.

어싱광장 중앙에 제주 돌하르방이 하트를 하고 어싱광장을 찾는 이들을 환영하고 있다. 이른 아침 7시에 운동하는 사람이 많았다. 휠체어를 타고 오신 분이 황토 땅에서 천천히 걸으셨다. 몸이 불편해 보이고 아내의 부축을 받으며 걷는데 한 달 정도 매일 오셔서 많이 좋아졌다고 한다. 노란 우산을 들고 걷는 분 중에 지인을 만났다. 남원에서 오는데 무슨 효과를 봤느냐고 물었더니 3개월 정도 거의 매일 오고 있는데 온몸의 피부병이 다 나았다고 했다. 그 지인은 황토 예찬론자였다.

맨발걷기는 신발을 신고 걷는 것보다 효과가 있다. 어싱효과를 가져다주는데 우리 몸 안에는 정전기가 발생하여 양이온이 만들어진다. 이 정전기는 혈액을 끈적거리게 만들어 혈관을 막아 각가지 질병을 만든다. 또한 신경세포의 손상을 불러와 갖가지 암이 발생하기 쉽다. 맨발걷기를 하면 체내에 남아 있는 정전기 양이온이 발을 통해 땅으로 흘러 나간다.

맨발걷기는 혈액순환 개선과 활력 향상, 신경 안정을 시켜주어 불면증을 해소하기도 한다. 걷다가 만난 안자 씨는 오랫동안 불면증으로 힘들어했는데 3일 동안 이어서 맨발걷기를 했더니 숙면을 취할 수 있었다고 한다.

양반들이 뒷짐을 지고 "어흠" 하는 자세로 가슴을 펴고 걸었더니 자세도 좋아진 것 같다.

오늘은 비가 촉촉이 온 다음 날이라 어린아이들이 촉감놀이 하기에도 최고이다. 진흙이 발가락 사이로 스며드는데 느낌이 너무 좋아서 아이들이 "하하, 호호"거리며 촉감놀이로 즐긴다. 지긋이 바라보는 엄마는 행복의 미소를 안고 있다.

발바닥은 제2의 심장이라는 말이 있을 정도로 중요한 기관이다. 우리 신경과 혈관이 연결되어 발바닥이 지압이 되어 각기 근육과 장기들을 자극하는 효과가 있다. 자연환경에서 맨발걷기는 스트레스를 감소시키고 정서적인 안정감을 높인다. 서귀포에는 다른 지역보다 강수량이 많아 우울증으로 힘들어하는 사람이 많은데 서귀포 중심에 자연 황토를 담아두어 면역력을 증가시켜 휴식 공간으로는 최고이다. 진흙이 적당히 젖어서 오히려 잦은 강수량이 도움이 된다.

한쪽 라인에는 짚을 깔아놓아 발에 묻은 황토가 떨어지면서 뽀송뽀송한 짚의 느낌이 상쾌함을 더해 준다.

맨발걷기가 끝나면 발 씻는 공간이 마련되어 있어서 수건 한 장만 챙기면 지나가다 언제든지 운동할 수 있어서 좋다. 센스 있게 노란 우산을 배치해 양심 우산꽂이를 마련해 두었다. 낮 시간대에 햇빛 가리개로 활용해도 좋고 비가 갑자기 내려도 운치 있게 맨발걷기를 즐길 수 있어서 일석이조로 좋았다. 짧은 체험으로도 건강해지는 느낌이다.

어싱광장 양심우산

흙과 아빠의 그림자가 만나는 곳
(2024 어싱광장 사진공모전 장려상_이승연)

비 오는 날 어싱하는 소년, 소녀(2023 어싱광장 사진공모전 우수상_김숙정)

14

이탈리아에서
보내온 편지

어느 날, 퇴근한 후 손님들과 만나 황토 어싱광장에서 맨발 걷기를 하고 있는데 갑자기 아들 수범이가 내 앞에 불쑥 나타났다.

"아버지!"

"어? 네가 여기 어쩐 일이야?"

"아, 외국에서 친구들이 제주도 여행을 왔는데, 어싱광장을 꼭 보여주고 싶어서 같이 왔어요."

"그랬구나."

아들이 내게 소개하는 친구는 두 명의 외국인이었다. "여기는 마쉬. 이탈리아에서 왔고, 여기는 툰. 네덜란드에서 왔어요."

비록 말은 잘 통하지 않았지만, 나는 마쉬와 툰을 반갑게 맞아주었다. 두 사람은 아들과 인터넷을 통해서 만난 친구들이었고, 최근에 제주도에 여행을 와서 아들에게 가볼 만한 곳을 소개해 달라고 했다고 한다. 그래서 아들은 제주도 여행지와 함께 황토 어싱광장도 소개한 것이었다. 나와 함께 있던 손님들도 두 이방인을 친숙하게 반겨주었다. 곧 두 사람은 황토어싱을 하며 즐거운 시간을 보내는 것 같았다.

그로부터 얼마 후 아들이 내게 보여줄 것이 있다면서 특별한 카톡을 보내왔다. 고국으로 돌아간 친구가 아들에게 편지를 보내왔다는 것이다. 그 내용은 내게 깊은 감동으로 다가왔다.

루카스.(아들의 영어 이름)

나는 지금 한국에 있는 제주도라는 섬에서 경험했던 놀라운 시간들을 회상하고 있어. 제주도는 마치 다른 세상 같았어. 내가 한국 여행 중에 경험했던 모든 기억 중에서 제주도가 가장 기억에 남는 장소야. 제주도에 처음 도착한 순간부터 따뜻하면서도 진심을 담아 나를 환영해 주는 사람들을 만났어. 음식 역시 기대 이상으로 특색 있으면서도 너무나 맛있었어. 마치 어린 시절 나의 할머니가 요리해 주시던 음식처럼 정겨우면서도 잊을 수 없는 맛이었지. 특히 제주도의 풍경은 나를 완전히 압도했어. 마치 내가 그림 속으로 뛰어든 것처럼 가는 곳마다 하늘과 바다가 어우러져 황홀할 정도로 아름다웠어.

제주도에서 경험했던 많은 경험 중에 가장 인상 깊었던 건 바로 머드파크(황토 어싱광장) 체험이야. 내가 태어나서 한 번도 경험해 본 적이 없는 신기한 경험이었거든. 처음 루카스가 어싱광장이란 곳에 가자고 제안했을 때 나는 크게 기대하지는 않았어. 그저 너의 제안이 흥미롭게 들려서 호기심으로 따라갔을 뿐이었지. 그곳에 내가 도착했을 때는 석양이 붉은빛으로 온 하늘을 아름답게 물들이고 있을 때였어. 붉은 흙이 깔려 있는 큰 광장이 너무 깨끗하고 예쁘게 잘 가꾸어져 있어서 놀랐어. 게다가 그런 곳이 무료라니.

신발을 벗고 맨발로 진흙 바닥에 첫걸음을 내디뎠을 때 나는 나도 모르게 탄성을 질렀어. 부드럽고 말캉한 느낌의 흙이 내 발을 따스하게 감싸 안아 주는 것 같았거든. 흙이 그렇게 새롭게 다가온 것은 처음이야. 그야말로 한 번도 느껴보지 못한 놀라운 경험이었어. 황토 바닥을 맨발로 걸으면서 나는 어린아이처럼 즐거운 감정이 일어났고, 온몸에 활력이 차오르는 것 같았어. 마음은 세상과 동떨어진 것처럼 평온하고 고요해졌지. 동시에 여행하면서 쌓인 피로가 말끔하게 씻겨 내려가는 것 같았어.

그곳에는 우리 일행 이외에도 많은 사람이 맨발로 땅 위를 걷고 있었지. 그들은 나를 보고 반갑게 말을 걸어주면서 환영해 줬어. 분명히 나는 외국인이었는데 마치 고향에 온 것처럼 편안하고 푸근했어. 짧은 시간 안에 나는 그들과 한 울타리 안에 있는 공동체 식구 같은 유대감을 느낄 수 있었어. 그들, 특히 너의 아버지의 환한 미소와 세심한 친절은 오랫동안 내 마음속에 남아 있을 거야.

맨발로 흙 위를 걷고 나서 세척장에 앉아서 발에 묻은 흙을 씻어냈어. 그때 눈앞에 저 멀리 지평선 아래로 떨어지는 해가 보였어. 참 아름다웠어. 그 순간 '언젠가 엄마를 모시고 이곳으로 와야겠구나' 하는 생각이 들었어. 엄마가 어싱광장에서 맨발로 흙 위를 걸으며 즐거워하실 모습을 상상하니 흐뭇했어. 평화롭고 아름다운 풍경과 친절한 사람들, 그리고 황토 맨발걷기 경험. 모든 것이 너무나 완벽한 하루였어.

이제 나에게 제주도 하면 가장 먼저 떠오르는 곳이 황토 어싱광장이야. 제주도의 아름다운 경치와 황토 어싱광장은 참 조화롭게 잘 어울리는 곳이라는 생각이 들어. 좋은 체험을 하게 해줘서 고마워.

- 이탈리아에서 너의 친구 마쉬가.

이탈리아에서 온 마쉬와 그녀의 친구 툰

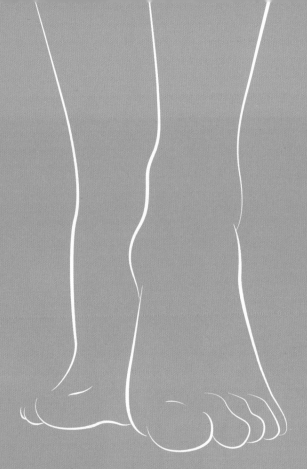

Earthing

Part 4

어싱광장을
가꾸는 남자

스며드는 진흙의 아름다움(2024 어싱광장 사진공모전 장려상_김정은)

01

황토 어싱광장의 상징,
하트 돌하르방

　어느 날, 쇠갈퀴로 황토 바닥을 고르던 나는 황토 어싱광장을 가만히 서서 바라보았다. 그날따라 넓은 황토 어싱광장이 텅 빈 것처럼 느껴졌다. 요즘은 카페에도 포토 존을 만들어놓는 시대인데 그에 비하면 많은 사람이 즐겨 찾는 어싱광장에는 이렇다 할 만한 상징물이 없었다. 나는 며칠 동안 곰곰이 생각하다가 광장 정중앙에 제주도의 상징인 돌하르방 조형물을 설치하면 좋을 것 같다는 생각이 들었다. 나는 바로 석재 공장으로 달려가서 여러 종류의 돌하르방을 살펴보았다. 그리고 맘에 드는 것들로 사진을 찍었다.

　"자자, 여기 좀 모여 봐."
　사무실로 들어선 나는 직원들을 회의 테이블로 불러 모았다.
　"무슨 일이신데요, 과장님?"

170

나는 직원들 앞에 다양한 모양의 돌하르방 사진 여러 장을
펼쳐놓았다.

"여기 있는 돌하르방 중에서 어떤 게 어싱광장과 어울릴지
한번 의견들을 말해봅시다."

"어싱광장에 놓으려고요?"

"응, 너무 휑한 것 같아서. 가운데 돌하르방을 하나 세워
놓으면 포토 존도 되고 좋을 것 같아."

"아, 생각해 보니 정말 좋은 아이디어네요. 그러면 우리 황
토 어싱광장의 심벌 역할도 할 수 있는 거잖아요."

"내 얘기가 바로 그거야."

"난 여기 하트 모양이 귀여워서 좋아요."

직원 한 명이 양손을 하트 모양으로 올리고 있는 돌하르방
을 가리키며 말했다.

"오, 그러네. 나도 여기에 한 표요!"

다른 직원들도 덩달아 하트 모양 돌하르방에 한 표를 던졌
다. 결국, 만장일치로 하트 모양 돌하르방이 선정되어 얼마
후 광장 정중앙에 설치되었다.

설치 후 사람들의 반응은 아주 좋았다. 특히 어린이들이 신
기해하면서 즐거워했다. 어떤 아이들은 황토를 돌하르방에
붙이면서 놀기도 했다. 돌하르방에 옷을 입혀준다는 것이다.
그리고 어버이날에는 누군가 돌하르방 목에 예쁜 카네이션을

달아주기도 했다.

처음에는 아이들이 돌하르방에 흙을 묻혀놓으면 내가 다시 수돗물로 씻어냈다. 그 광경을 본 사람들은 할아버지 목욕시킨다면서 웃었다. 황토를 묻히고 씻는 것이 반복되다 보니 어느 순간 나도 힘이 빠졌다. 결국, 나는 황토 광장이니까 황토하르방이 서 있어도 괜찮겠다는 생각으로 스스로 타협점을 찾았다. 내가 물로 씻는 작업을 멈추자 다른 사람들도 엉성하게 흙이 붙어 있던 곳까지 꼼꼼하게 발라서 어느새 돌하르방은 황토하르방으로 모습을 굳히게 되었다. 어찌 보면 황토 어싱광장에 딱 맞는 상징물이 된 것이다.

처음 오는 사람들은 황토하르방 앞에서 자연스럽게 인증사진을 찍었다. 나는 그 광경을 그저 흐뭇하게 바라보았다.

어버이날, 이용객이 선물한 카네이션을 목에 걸고 있는 돌하르방

황토 어싱광장의 상징 돌하르방

돌하르방에 묻은 황토를 씻는 모습

휘어진 쇠갈퀴

02

황토 관리,
끝없는 도전

가을이 되자 어싱광장에는 건기가 찾아왔다. 비가 내리지 않는 건기가 되자 황토는 쉽게 굳어버렸다. 아무리 스프링 클러로 굳어버린 황토를 무르게 해도 한계가 있었다. 황토가 굳으니 자연히 쇠갈퀴를 사용해서 황토를 평평하게 고르는 작업도 쉽지 않았다.

나는 고심 끝에 공원녹지과 양묘장에 있는 관리기(씨를 뿌릴 고랑을 만드는 데에 사용하는 농기계)를 사용하기로 맘먹었다. 밭을 갈 때 사용하는 기계인 관리기를 사용해서 황토를 밭 갈 듯 갈아엎기로 한 것이다. 그러나 워낙 단단하게 굳어버린 황토는 관리기를 사용해도 쉽게 갈리지 않았다. 관리기가 너무 작아서 딱딱한 황토를 부수기에는 무리가 있었던 것이다.

'어떻게 해야 할까?' 다시 고민을 시작한 나에게 좋은 아이디어가 떠올랐다. 관리기 대신 큰 트랙터를 사용해 보는 것이었다. 그런데 이것은 나의 큰 오산이었음이 뒤늦게 드러났다. 힘이 좋은 트랙터는 너무 깊숙이 흙을 퍼 올려서 기존 바닥에 깔려 있던 작은 자갈들을 표면 위까지 끌어 올려버린 것이다.

뒤늦게 깜짝 놀라 작업을 중지했지만, 이미 올라온 자갈은 어쩔 수가 없었다. 수작업으로 일일이 골라내는 것 외에는 달리 방도가 없었다. 잘해 보려다가 도리어 긁어 부스럼을 만든 셈이다. 혹시라도 사람들이 이용하다가 발을 다칠 수도 있어서 나는 마음이 급해졌다. 결국, 나는 공원녹지과 직원들에게 도움을 요청해서 돌을 줍는 작업에 매진했다. 오랜 시간 동안 쪼그리고 앉아 돌을 줍다 보니 허리가 아프고 다리에 쥐가 날 지경이었다. 나의 실수로 직원들까지 고생시키게 됐으니, 나로서는 미안한 마음에 쥐구멍이라도 찾고 싶은 심정이었다.

그 이후부터 나는 오로지 쇠갈퀴만을 사용해서 우직하게 땅 고르기를 했다. 간혹 이런 내막을 모르는 이용객들은 "트랙터를 사용하면 쉽게 갈 수 있는데 왜 그렇게 고생을 해요?"라고 조언을 할 때가 있다. 그럴 때마다 나는 지우고 싶은 기억이 떠올라 고개를 절레절레 저었다. 어쨌든 트랙터 사건은 황토 어싱광장을 관리하면서 내가 가장 후회하는 일이 됐다.

이렇듯 황토를 관리하는 일은 생각보다 쉽지 않았다. 쇠갈
퀴로 1,777㎡(537평)나 되는 넓은 광장의 흙을 고르다 보면 허
리도 아프고 손에는 물집이 잡혀서 시간이 지나 굳은살로 자
리 잡았다.

"여보, 장갑을 꼭 끼고 하세요. 일하다가 다치면 어떡해
요?"

내가 손에 물집이 잡혀서 들어오는 날이면 아내는 약을 발
라주며 애정 담긴 잔소리를 해댔다. 그래도 일을 하다 보면
덥고 답답해서 자꾸만 장갑을 벗어놓게 됐다.

황토 어싱광장에서 흙 고르기 작업을 하다가 집에 돌아와
보면 아무리 세척장에서 닦는다고 닦아도 옷이며 몸에 황토
가 묻어오기 일쑤였다. 특히 집 안에 들어서는 순간, 옷에 묻
었던 흙가루가 떨어지면 순식간에 집 안이 엉망이 되어버리
곤 했다. 그래서 언제부턴가 집에 들어오자마자 욕실로 달려
가 황토를 씻어내는 것이 나의 일상이 되어버렸다.

양복을 입고 나가 흙투성이가 되어 돌아온 날, 아내는 나를
보며 "이거 드라이해야 하는데……" 하며 울상을 지었다. 무
슨 옷을 입든 상관없이 바지를 썩썩 걷어 올리고 일을 하는
나의 무심한 습성은 쉽게 고쳐지지 않았다.

1년 넘게 황토를 쇠갈퀴로 고르다 보니 쇠갈퀴가 휘어지는

일도 왕왕 있었다. 스프링클러를 뿌려서 축축해진 땅을 쇠갈퀴로 고르긴 하지만, 간혹 아직 풀어지지 않아서 딱딱하게 굳은 땅이 있으면 쇠갈퀴가 힘을 견디지 못하고 휘어지게 되는 것이다. 또 황토 자체가 진흙과 비슷한 점성이 있어서 쇠갈퀴를 오래 사용하면 어느새 휘어져 있기도 했다.

황토는 시간이 흐를수록 점점 줄어들어서 때에 맞춰 새로운 황토를 보충해 줘야 했다. 많은 사람이 황토가 묻은 발을 수돗물에 씻어내다 보니 그럴 때마다 조금씩 황토가 씻겨 내려가는 것 같았다.

10톤이 넘는 황토를 보충하기 위해서는 전 직원이 동원돼야 했다. 가끔은 주민들도 같이 힘을 모아주기도 했다. 배송하는 업체가 황토를 광장 근처에 쏟아놓으면 그것을 1,777㎡(537평)나 되는 황토광장에 골고루 펴는 일을 사람이 직접 해야 하기 때문이다. 황토 펴는 작업을 하고 나면 나나 직원들은 옷이 흙과 땀으로 흠뻑 젖곤 했다. 특히 더운 여름 날씨에 작업하는 것은 모두에게 지치고 힘든 일이었다. 그래서 직원들은 "황토 보충할 때가 됐는데……" 하는 소리를 들으면 모두 괴로운 표정을 짓곤 했다.

황토를 나르는 지게차

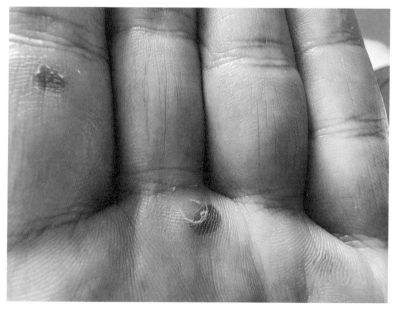

어느새 나의 손바닥에 물집이 잡혔다

황토 보충 작업을 하는 모습

관리기를 이용해서 황토를 골고루 펴는 작업을 하는 나

황토 보충 작업은 일일이 사람 손으로 해야 한다

수도꼭지가
부족해요!

"과장님, 수도꼭지가 세 개밖에 없어서 너무 불편해요."

어느 날, 이용객 한 분이 내게 다가와 말했다. 그러잖아도 나는 세족장 상황을 지켜보고 있던 참이었다. 사람들이 일시에 빠져나갈 때는 세족장으로 사람들이 몰려서 잠시 혼잡이 빚어졌다. 하지만 내 생각에는 기다리면서 어싱을 해도 불편함이 그리 크진 않겠다고 판단됐다. 하지만 약속이 있거나 꼭 어싱을 시간에 맞춰 끝내고 가야 하는 사람들은 세족장 앞에서 서성이며 줄을 서서 기다렸다. 그 광경을 보니 도저히 안 되겠다 싶어서 결국, 수도꼭지를 세 개에서 여섯 개로 추가 설치했다. 수도꼭지가 늘어나니 이용객들은 기다리지 않고 발을 씻을 수 있는 것에 매우 만족스러워했다.

어싱광장을 관리하다 보면 이용객들의 이런저런 요청 사

항을 접할 때가 종종 있었다. 한 번은 어싱광장 한쪽에 만들어놓은 톱밥 촉감 체험장을 더 넓혀 달라는 요청이 들어왔다. 하지만 그 요청은 양해를 부탁드리며 마무리 지었다. 더는 넓힐 공간이 없었기 때문이다.

어느 날, 아주머니 한 분이 내게로 다가왔다. 어싱광장을 매일 이용하시는 분이었다. 이제는 얼굴만 봐도 얼마나 자주 오시는 분인가가 구분이 됐다.

"과장님, 부탁이 있는데요."

"네, 말씀해 보시죠."

"외출했다가 여길 바로 올 때도 많은데 핸드백이나 소지품을 넣을 보관대가 있으면 좋겠어요."

"아, 그거 다른 분들도 이미 말씀하셔서 지금 검토하는 중입니다."

"그래요? 그럼 될 수 있으면 빨리 해 주시면 좋겠네요, 호호."

"확답은 드릴 수가 없고요, 빠른 시일 안에 검토해 보겠습니다."

공무원은 항상 대답을 신중하게 해야 한다. 잘못 확답을 했다가 바로 시행되지 않으면 불만 민원이 들어올 수 있기 때문이다.

물품 보관함을 어떻게 하는 게 좋을까, 며칠 동안 검토하며 고민한 끝에 결국 나는 설치하지 않기로 결정했다. 큰돈이 들어가는 것은 아니지만 보관대를 설치하게 되면 그곳을 꾸준히 관리할 별도의 관리 인력을 둬야 하기 때문이다. 혹시라도 이용객이 물건을 분실했을 때, 그 모든 책임을 배상해야 할 수도 있어서 복잡한 문제였다. 작은 것이라도 끝까지 생각하지 않으면 나중에 크게 낭패를 볼 수 있다는 것을 트랙터 사건을 통해서 처절하게 깨닫게 된 나는 황토 어싱광장의 새로운 시설물을 설치할 때마다 신중하게 수차례 검토하고 또 검토한 후에 결정했다.

그런 숙고의 과정을 통해서 황토 어싱광장에는 새로운 시설물들이 많이 생겨났다.

어싱광장 진입 계단에 안전난간이 설치됐고, 데크 순환로에는 경사로를 설치해서 장애인과 노약자가 모두 편리하게 이용할 수 있도록 만들었다. 그리고 방범용 CCTV를 설치해서 시민들이 안전하게 어싱을 할 수 있는 환경을 조성했다. 또한, 세족장 위에는 따가운 햇볕을 피하기 위한 그늘막을 설치해서 이용객들이 발을 씻을 때 불편함이 없도록 세심하게 배려했다. 어싱광장 양심 우산도 갑자기 비가 올 때나 햇볕이 내리쬘 때 이용객들에게 긴요한 물건으로 사랑받았다.

이용객들이 어싱을 하다가 앉아서 쉴 수 있는 쉼팡 통나무의자는 오형욱 서귀포시 산림조합장님이 지원해 주었다. 통나무의자는 모양도 예쁘고 튼튼해서 어르신들이 어싱을 하다가 편하게 쉴 수 있는 꼭 필요한 공간이 되었다.

쉼팡의자 설치 작업 중

쉼팡의자를 편안하게 이용하는 사람들

수도꼭지를 여섯 개로 추가한 세족장과 그늘막

몸이 불편한 어르신들을 위한 어싱광장 진 · 출입로 안전난간

04

어싱광장의 밤을 지키는
보름달과 토끼들

　어느 날, 퇴근 후 회식을 하고 나서 나는 황토 어싱광장을 돌아보았다. 이용객이 밤에 어둡지 않도록 등을 더 달아 달라는 요청이 있었기 때문에 특별히 조명을 눈여겨보고 있었다. 늦은 시간이라서 그런지 광장을 밝히는 가로등이 있음에도 불구하고 다소 어둡고 침침한 느낌이 들었다. 무더운 여름이 되면서 낮보다는 밤에 이용하는 사람들이 많아진 것을 고려하면 어싱광장의 분위기를 따스하고 환하게 바꿔줄 무언가가 필요했다.

　고민하던 나는 문득 달과 토끼를 떠올렸다. 어린 시절 보름달이 뜰 때면 달 속에서 떡방아를 찧던 두 마리의 토끼를 생각하며 설레었던 기억이 났기 때문이다.

　사실 알고 보니 토끼가 절구통에서 찧었던 것은 떡이 아니라 약이었다. 우연히 어느 신문에서 읽게 된 정보에 의하면 달과 토끼의 관계는 생각보다 그 역사가 깊었다. 달나라에서 약 방아를 찧는 토끼의 유래는 2,000여 년 전 중국 전한시대 때 유향이라는 학자가 『오경통의』라는 서적에 쓴 내용이 기초가 됐다고 한다.

달 속에 옥토끼 한 마리가 밤이 되면 공이를 들고 부지런히 약을 찧어서 세상 사람들에게 행복을 내린다고 한다. 그리고 낮이 되면 피곤해서 졸다가 다시 해가 지면 일어나서 약을 찧는다는 내용이었다.

그 기사를 읽고 나서 나는 토끼야말로 밤의 어싱광장에 딱 어울리는 조형물이라고 생각했다. 그래서 곧 조형물을 설치하는 작업에 착수했다. 그리고 토끼 열 마리가 황토 어싱광장의 숲을 뛰어다니는 것 같은 분위기를 연출했다. 그뿐만 아니라 반딧불 불빛 같은 작은 조명들을 설치해서 전체적으로 환하고 아기자기한 동화 속 분위기를 만들어냈다. 조명을 설치하고 나자 한 이용객은 "밤이면 어싱광장이 딴 세상으로 변하는 것 같아요! 너무 예뻐요" 하면서 즐거워했다.

황토 어싱광장을 찾는 사람들이 꾸준히 늘어나는 것을 보며 나와 직원들은 회의를 통해 올해는 어싱광장을 '테마가 있는 광장'으로 조성해 보자는 계획을 세웠다.

우선 사시사철 이용객들이 꽃을 감상할 수 있도록 어싱광장 주변에 초화류 3,600여 본을 심었다. 이제 곧 어싱광장에는 봄에는 돌단풍, 수선화, 여름에는 별수국, 여름부터 가을까지는 니포피아와 코스모스, 가을부터 겨울까지는 가우라가 활짝 피어서 이용객들을 반길 것이다.

그 외에도 촉촉하게 안개를 뿌려주어 환상적인 분위기 연출과 함께 가습효과를 주는 롤링 안개와 빛을 이용해 황토 어싱광장의 글자 문양이 바닥에 나타나게 하는 야간경관조명 (고보조명), 발바닥 조형물 등을 설치해서 좀 더 아늑하고 아기자기한 쉼터 분위기를 자아내도록 만들었다.

그뿐만 아니라 황토 어싱광장 계단에도 각종 꽃 화분을 길게 놓아 오가는 이용객들이 만개한 꽃을 감상할 수 있도록 만들었다.

어느 날 한 아주머니가 연로하신 친정어머니의 손을 잡고 계단을 오르고 있었다. 나는 뒤에서 따라가다가 우연히 두 사람의 대화를 듣게 되었다.

"엄마, 이 계단이 천국의 계단이야. 너무 예쁘지?"

"그래, 참 곱구나."

두 사람의 대화를 들으며 니는 가슴이 뭉클했다. 꽃 하나로 천국을 누릴 수 있는 두 사람의 모습이 꽃보다 더 아름다워 보였다.

이렇듯 황토 어싱광장은 더 아름답고 쾌적한 공간으로 하루하루 새롭게 단장해 갔다. 곳곳에 나의 정성과 손길이 닿아 있는 어싱광장을 돌아보며 나는 곧 정년퇴직하고 어싱광장에서 떠나게 될 그날을 생각해 보았다. 그리고 내가 없더라도 누군가 나의 배턴을 이어받아 어싱광장을 정성껏 가꾸고 관리하는 일을 계속해 주기를 간절히 바랐다.

황토 어싱광장의 밤을 밝히는 야간경관 고보조명

황토 어싱광장의 밤을 밝혀주는 달 모양 조명

밤이면 나타나 황토 어싱광장을 뛰어다니는 열 마리 토끼들

여성광장 가을코스모스

05 _____

아내와 떠난
벤치마킹 여행

아내와 나는 맞벌이 부부이다 보니 우리에게 휴가는 매우 소중한 시간이었다. 1년에 한 번 특별히 시간을 맞춰서 가족끼리 오붓하게 시간을 보낼 수 있는 기간이기 때문이다.

"이번 휴가에는 보령 머드축제에 가보면 어떨까 싶어. 혹시 우리 황토 어싱광장에서 벤치마킹할 만한 것들이 있을 수도 있어서 말이야."

"좋은 생각이네요."

오랜만에 얻은 휴가를 편하게 쉬지도 못하고 업무의 연속인 벤치마킹 시간으로 보내자는 나의 제안에 아내는 순순히 고개를 끄덕였다. 내가 하는 일에 대해 믿어주고 든든한 지원군이 되어 주는 아내에게 나는 미안하고 고마웠다. 황토 어싱광장을 만드는 동안에도 아내는 내가 지쳐 쓰러져 있을 때마다 힘과 용기를 불어넣어 주었다.

내가 일하면서 대학원을 졸업할 수 있었던 것도 아내의 내조가 없었다면 불가능했을 것이다. 직장생활을 하면서도 맏며느리로서 집안 제사와 자녀들에 관한 소소한 문제들까지 놓치지 않고 꼼꼼하게 챙기는 아내였다. 아내를 보면 워킹맘들이 얼마나 위대한 사람들인가 감탄하게 된다.

아내와 찾은 보령 머드축제는 생각보다 얻을 것이 많지 않았다. 아마 황토와 진흙의 특성이 달라서인 것 같았다. 머드축제를 벤치마킹해서 황토축제를 만들어 보면 어떨까, 구상 중이었던 나는 먼 길까지 가서 별다른 소득을 얻지 못하자 다소 실망스러웠다.

아내와 나는 예전에 갔었던 계족산 황톳길을 다시 찾았다. 그곳에서는 예전에 미처 보이지 않던 것들이 새롭게 보이면서 참고할 만한 것들이 많았다. 그중에서 가장 큰 수확은 세족장에 비치된 세척솔이었다. 사실 작다면 작은 것일 수 있지만 어싱광장에서 꼭 필요한 비품이었기에 내게는 알짜배기 정보였다.

나중에 돌아와서 어싱광장 세족장에 세척솔을 비치하자 이용객들의 반응은 기대 이상으로 뜨거웠다. 황토가 워낙 밀가루처럼 입자가 작고 부드럽다 보니 발톱과 발가락 틈새에 낀 흙을 물로 씻어내기만 해서는 잘 닦이지 않았다. 그러다 보니 손으로 힘들게 닦아야 했었는데, 세척솔이 생기고 나서부터는 조금만 쓱쓱 문대도 금방 흙이 깨끗하게 씻겨 내려갔다.

더불어 세족장의 수도꼭지도 샤워기 모양으로 전부 교체했다. 수도꼭지 모양이었을 때는 발을 씻을 때 물이 튀고 아래로 숙여서 씻기가 힘들었다. 하지만 샤워기 모양으로 바꾸고 나니 자유자재로 필요한 방향에 물을 뿌릴 수 있게 돼서 발씻기가 훨씬 더 수월해졌다.

이런 모든 것들이 아내와 휴가 기간에 이곳저곳을 탐방하면서 얻어낸 결과물이었다. 나에게는 해변이나 관광지에서 쉬면서 휴가를 즐기는 것보다 훨씬 더 알차고 재미있는 휴가였다.

계족산 황톳길에서 아내와 함께

06

황토 어싱광장
체험활동 사진공모전

황토 어싱광장이 서귀포시 건강걷기 콘텐츠로 급부상하게 되자 KBS, MBC, JIBS, KCTV, BBS 및 각종 언론사에서 앞다투어 숨골공원 황토 어싱광장을 알리기 시작했다. 방송이 나간 후 네이버, 구글, 인스타그램 등 SNS에도 황토 어싱광장 사진들이 쉴 새 없이 올라왔다. 어린이부터 어른에 이르기까지 황토 어싱광장을 즐기면서 체험하는 사진을 많이 올렸기 때문이다.

다양한 황토 체험 사진을 보는 순간, 나는 어싱광장에서 사진공모전을 개최해 보면 어떨까, 하는 생각이 떠올랐다. 그래서 나는 곧 담당 팀장을 불러서 제안했다.

"우리 황토 어싱광장에서 체험 사진공모전을 한번 해 보면 어떨까요?"

"사진공모전요? 그거 아주 좋은 생각이네요."

사진공모전 제안을 들은 이형희 팀장은 고개를 끄덕이며 말했다.

"그럼, 이 팀장님이 시장님께 올릴 보고서를 한번 만들어 보세요."

"네, 알겠습니다. 언제부터 시작하면 좋을까요?"

"10월 23일, 이때부터 한 달 정도 하면 어떨까요?"

나는 탁상달력을 보며 말했다.

"네, 기간도 그때면 선선하고 좋을 것 같네요." 이렇게 해서 '2023 서귀포시 숨골공원 황토 어싱광장 체험활동 사진공모전' 준비가 시작됐다.

사진들을 접수하고 보니 애초 생각했던 것보다 훨씬 더 많은 작품이 들어왔다. 일단 모인 작품 중에서 우수작품을 선정하기 위해 전문가로 구성된 심사위원들을 모셨다. 그 결과 최우수상 1점, 우수상 2점, 장려상 9점을 선정하게 됐다. 대회 취지에 맞게 부상으로는 산림치유프로그램 체험권을 증정했다. 그리고 최종 선정된 작품 12점은 2024년도 탁상달력으로 제작하여 시민들에게 선물로 나누어 주었다. 달력을 받아 든 시민들은 하나같이 좋아하며 긍정적인 반응을 보였다.

맨발걷기 분위기를 확산하고 사진을 통해 시민들이 맨발걷기의 행복과 감동을 함께 나누길 바랐던 우리의 취지대로

황토 어싱광장 체험활동 사진공모전 포스터

'황토 어싱광장 체험활동 사진공모전'은 성공적으로 마무리
됐다.

　모든 행사가 끝난 뒤 직원들과 회식하는 자리에서 한 직원
이 말했다.
　"과장님하고 일하면 참 피곤하고 업무량도 많은데 일 끝나
고 나면 너무 뿌듯하고 보람 있어요. 약간 중독성이 있는 것
같아요."
　"그거 좋은 거야, 하하."
　우리는 함께 웃으며 행사를 잘 마치게 된 것을 자축했다.

돌하르방도 맨발로 즐기는 작은음악회
(2023 어싱광장 사진공모전 장려상_이영득)

황토 어싱 놀이터(2023 어싱광장 사진공모전 장려상_이영득)

모두 함께
(2023 여성광장 사진공모전 장려상_송혜윤)

열정(2024 어싱광장 사진공모전 장려상_한용현)

우리동네 참 좋네(2023 어싱광장 사진공모전 최우수상_안주인)

맨공 꽃길(2023 어싱광장 사진공모전 장려상_한혜수)

박수(2023 어싱광장 사진공모전 장려상_김은미)

마음껏 느껴봐, 우리에게 다가온 보물 같은 천연 놀잇감 '황토'
(2023 어싱광장 사진공모전 우수상_고한결)

07

맨발 작은 음악회,
그 특별한 순간

"과장님, 무슨 공문이 하나 왔는데 한번 보시죠?"

직원이 내민 공문을 읽어보니 '더희망코리아 제주지역본부장'인 오지만 대표가 보내온 것이었다. 내용은 황토 어싱광장에서 자체 부담으로 작은 음악회를 열고 싶다는 것이었다. 나로서는 반가운 일이 아닐 수 없었다. 황토 어싱광장을 홍보할 좋은 기회인 데다 이용객들에게 좋은 공연을 감상할 기회를 함께 제공하는 일이니 일거양득의 효과였다.

'어떻게 이런 생각을 하셨을까?'

나는 속으로 저절로 감탄이 터져 나왔다. 황토 어싱광장에서 맨발 음악회를 연다는 발상은 나도 해 본 적이 없었기 때문이다.

맨발학교는 건물, 교사, 교재, 시험, 시간표가 없는 학교

다. 관심 있는 사람에게는 누구에게나 문이 열려 있으며, 학생들은 산과 바다, 모래사장 등 자연이 있는 곳이면 어디서든 맨발걷기를 하면서 심신의 건강을 되찾는 수업을 할 수 있기 때문이다.

제주맨발학교의 교장인 양복만 선생은 황토 어싱광장 개장식 때 특강 강사가 비행기 결항으로 인해 오지 못하는 위기에서 나를 구해 준 은인 같은 분이기도 했다. 그때의 인연으로 우리는 맨발걷기의 홍보대사로서 서로를 응원해 주는 사이가 됐다.

어쨌든 황토 어싱광장에서 '더희망코리아 맨발학교' 작은 음악회를 열게 됐으니, 나는 들뜬 마음으로 지원 준비를 시작했다.

맨발 작은 음악회는 400여 명의 지역주민들이 참여한 가운데 기대했던 것보다 뜨거운 호응을 얻었다. 특히 세계적인 바이올리니스트 백진주 씨의 등장은 모든 사람을 놀라게 했다. 그녀는 타이타닉, 아바타, 캐리비안의 해적, 스타워즈, 해리포터 등 세계적으로 유명한 영화의 주제곡을 800여 곡이나 작곡 및 편곡을 한 실력가였다. 그런 멋진 음악가가 황토 어싱광장에서 그것도 맨발로 연주하는 모습은 어디에서도 상상할 수 없는 광경이었다.

그녀의 현란한 연주 솜씨가 빚어내는 아름다운 바이올린 선율이 밤하늘에 오로라처럼 울려 퍼지며 황토 어싱광장을 가득 메웠다. 음악을 감상하는 관객들도 흥겨운 음악이 나오면 맨발로 음악에 맞춰 춤을 추는 것으로 환호하며 즐거운 시간을 보냈다.

그 외에도 제주를 노래하는 소프라노 김지은 씨와 MBC 대학가요제에서 대상을 수상했던 가수 김대익 씨의 공연도 많은 관객의 감성을 울렸다.

이 공연에는 많은 관객이 참여했고, 이종우 시장님도 참석해서 시작 인사말을 해 주셨다.

"이곳 황토 어싱광장을 만들어주신 분이 여기 계십니다. 김영철 과장님. 한 마디 해 주시죠."

시장님의 인사말이 끝나자 갑자기 사회자가 나에게 불쑥 마이크를 건넸다. 나는 당황스러웠지만, 분위기에 맞춰 자연스럽게 늘 갖고 있던 내 바람을 그대로 말했다.

"이곳에 더 많은 분들이 오셔서 어싱을 통해 건강해지시기를 진심으로 바랍니다."

그때 진행자가 말했다.

"황토 어싱광장의 아버지가 시장님이라면 어머니는 과장님이시겠군요. 아버지 날 낳으시고, 어머니 날 기르시고, 라는 말처럼 말입니다."

나는 어싱광장의 어머니라는 진행자의 극찬에 겸연쩍어서 할 말을 잃은 채 머쓱한 표정으로 웃고 말았다.

세계적인 바이올리니스트 백진주 씨가 맨발로 바이올린을 연주하고 있다

맨발 작은 음악회를 즐기는 주민들

08

시청 홈페이지
칭찬합시다

"과장님, 그거 보셨어요?"

어느 날, 황토 어싱광장을 담당하는 김가현 주무관이 나에게 재밌다는 표정으로 말했다.

"뭔데?"

"요즘 시청 홈페이지에 칭찬합시다, 코너가 있는데 거기에 과장님 얘기가 엄청 올라와 있어요."

나는 한 이용객 할머니가 '당근' 앱의 '칭찬합시다' 코너에 내 사진을 올린 사건이 떠올랐다. 그런데 시청 홈페이지에도 그런 코너가 있는 줄은 까맣게 몰랐다.

생각해 보니 나는 지금까지 누군가의 칭찬을 기대하면서 일을 해 본 적이 없었다. 공무원 일의 특성상 끝나고 나서 질책이나 나쁜 소리가 들리지 않으면 그것으로 만족해야 하는 경우가 많았다. 간혹 악성 민원인 때문에 목숨을 끊는 공무원을 신문 기사를 통해서 볼 때 마음이 무거웠다. 무엇이 그 토록 그 사람을 극한 상황으로까지 내몰았을까, 생각하니 가 슴이 아팠다.

공무원에게 가장 필요한 역량은 주위의 반응에 흔들리지 않고 꿋꿋하게 자신의 길을 걸어갈 수 있는 빈 마음이 아닐까 싶다. 사실 그런 관점에서 보면 칭찬도 위험하기는 마찬가지 이다. 많은 사람의 사랑을 받던 인기 연예인들이 한순간에 악 성 댓글로 나락으로 떨어지는 것을 보면 칭찬이 비난으로 바 뀌는 것은 그야말로 한순간이다. 그러므로 칭찬을 받을 때일 수록 더 자신을 돌아보고 초심을 잃지 말아야 하는 때이다.

어쨌든 칭찬은 고래도 춤추게 한다고 했다. 시청 홈페이지 에 올라온 칭찬의 글들을 읽다 보니 가슴이 뭉클해지면서 뿌 듯했다. 그러면서도 다른 한편에선 '과연 내가 이런 칭찬의 글을 받을 만한 일을 했나……' 싶은 어색함도 있었다. 맡은 업무를 최선을 다해 충실히 하고 있는 다른 공무원들에게 미 안하고 부끄러운 마음이 올라왔기 때문이다.

한 번은 90세가 넘은 할아버지 한 분이 시장실에 찾아온 적이 있었다.

"내가 시장님을 꼭 만나서 할 얘기가 있어요."

"시장님은 지금 출타 중이십니다. 어떤 말씀인지 말씀하시면 제가 대신 전해 드리겠습니다."

"아니 글쎄, 그래도 꼭 만나야 한다니까요! 좀 만나게 해 줘요. 꼭 할 말이 있어서 그래요!"

아무리 비서실 직원이 설명해도 할아버지는 막무가내로 시장님을 직접 만나게 해 달라고 버티셨다. 뒤늦게 떼를 써도 시장님을 만날 수 없겠다고 판단한 할아버지는 한풀 꺾인 기세로 말했다.

"그럼, 시장님께 꼬옥 전해 줘요. 여기 어싱광장을 정말 잘 만들어서 내가 너무 고마워서 꼭 칭찬해 주고 싶었다고요."

"아, 네. 알겠습니다. 꼭 전해 드리겠습니다, 하하."

잠시 긴장했던 담당 직원은 그제야 안도하며 웃고 말았다.

나는 그 사실을 뒤늦게 다른 직원을 통해 듣고 기분 좋게 웃었다. 할아버지의 엉뚱한 행동 속에 담긴 순수한 마음이 그대로 전해졌기 때문이다.

09

인센티브 이야기

　황토 어싱광장이 개장되고 나서 100일쯤 지난 어느 날, 행정사무 감사가 시작됐다. 감사가 시작되면 시청 청사는 팽팽한 긴장감이 감돈다. 나도 1억 원이 넘는 황토 어싱광장을 맡아서 진행한 책임자이고 보니 다소 긴장이 됐다.

　황토 어싱광장 조성사업을 구상하면서 최초 현장 조사와 계획수립, 공사추진, 준공, 개장식 행사 등 모든 사항을 내가 주도적으로 보고자료를 만들어서 보고하고 집행해 왔기 때문이다. 하지만 전 과정을 정직하고 투명하게 집행해 왔기에 어떤 상황에서든 떳떳하게 감사에 임할 수 있었다.

　"시장님은 어싱광장에 가본 적 있습니까?"

　감사를 진행하던 의원이 시장님에게 물었다.

　"물론입니다. 수차례 다녀왔습니다."

시장님이 대답했다. 나는 그다음 무슨 말이 나올지 잔뜩 긴장해서 듣고 있었다. 혹시라도 문제점을 찾아내서 지적하는 건 아닌가 해서 마음이 조마조마했다.

"기존 빗물저류지를 활용하여 어싱광장을 조성했다는 게 좋습니다. 시민들의 건강 증진에 많은 도움이 될 것 같군요."

나는 일단 안도의 한숨을 내쉬었다. 그런데 다음 이어지는 말에 나는 깜짝 놀라고 말았다.

"그런데 이런 사업을 발굴해서 추진하는 직원들에게 인센티브를 주면서 격려해 주는 게 필요하지 않습니까?"

갑자기 나는 얼떨떨하면서 당혹스러웠다. 30년 넘게 공무원 생활을 하면서 이런 공개석상에서 내가 하는 일이 화젯거리가 된 것은 드문 일이었다. 게다가 인센티브라니. 상상도 해 본 적이 없는 일이었다.

그뿐만 아니라 다른 위원회 감사 때에도 황토 어싱광장에 대한 최초 아이디어 제공자에게 인센티브를 주어서 격려할 필요가 있다는 의원님들의 의견이 나왔다. 나로서는 감사하면서도 당혹스러움을 감출 수가 없었다. 사실 나는 인센티브를 받는 것보다 내가 진행한 사업이 인정받는 것 같아서 그것이 더 기뻤다.

10

황토 어싱광장의
치솟는 인기

　각종 매체를 통해 숨골공원 황토 어싱광장이 점점 알려지면서 제주 각 기관에서도 성공 사례가 된 황토 어싱광장을 방문하기 시작했다. 안우진 제주시 부시장과 아라동장, 오라동장, 울산동구청장 일행 등 여러 손님이 방문하다 보니 나는 눈코 뜰 새 없이 바빠졌다.

　"아니, 어떻게 빗물저류지에다 황토광장을 만들 생각을 하셨습니까? 정말 대단하십니다. 이런 게 발상의 전환 아닙니까?"

　"김 과장이 토목직이라서 확실히 다르긴 다르네. 길을 뻥뻥 뚫던 사람이라서 노는 땅 빗물저류지에 이런 광장까지 만들었구먼. 대단해!"

　만나는 사람마다 나를 한껏 추켜세워서 그야말로 나는 몸 둘 바를 몰랐다.

"어떻게 이런 생각을 했어요? 정말 놀랍습니다. 앞으로 과장님을 어싱과장이라고 불러야 할 것 같아요, 하하하."

황토 어싱광장 개장 이후 다시 찾은 오형욱 산림조합장은 나에게 '어싱과장'이라는 새 호칭까지 붙여주었다. 이후로 어싱과장이 된 나는 각종 회식 자리에서 건배사 구호를 외칠 기회가 있을 때마다 "어싱광장!"을 외치게 됐다.

어느 날, 결재를 맡으러 시장실로 들어선 나를 향해 시장님이 활짝 웃으며 말했다.

"김 과장, 황토광장 완전 대박 터뜨렸어! 제주시에서도 황토광장에 대한 관심이 아주 뜨거워. 정말 수고했어."

"감사합니다."

시장님의 한마디에 나는 기쁨에 앞서 진심으로 감사했다. 사실 이 모든 기획이 시장님이 서귀포시 시민들의 건강 증진을 위해 시작한 일이고 보면 나도 그 수혜자 중 한 사람이었기 때문이다.

또 다른 날에는 서귀포시 성산읍 지역사회보장협의체 문경옥 위원장님으로부터 전화가 걸려 왔다.

"김 과장님. 황토 어싱광장이 좋다는 소문이 여기 성산포까지 다 퍼졌지 뭡니까? 그래서 여기 회원들하고 같이 방문하려고 하는데, 언제 가면 좋을까요?"

"언제든 상관없습니다. 출발하시면서 연락 주시면 제가 잘
안내하겠습니다."

"하하, 감사합니다."

그로부터 얼마 후, 문경옥 위원장님을 비롯한 회원 30여
명이 버스까지 대절해서 어싱광장에 나타났다.

"잘 오셨습니다."

"글쎄, 제가 황토 어싱광장에 대한 입소문을 듣고 회원들
에게 얘기했더니 만장일치로 당장 가보자고 해서 이렇게 왔
지 뭡니까."

"그러셨군요. 먼 길 와 주셔서 감사합니다, 하하."

황토 어싱광장을 찾은 회원들은 이런 경험은 처음이라면서
맨발로 황토광장 여기저기를 돌아다니며 아이처럼 즐거워했
다. 숨골공원 황토 어싱광장의 상징물인 하트 돌하르방 앞에
서 기념사진을 찍는 등 그야말로 관광명소를 찾은 관광객처
럼 모두 재밌고 흥겨운 시간을 가졌다.

"이 동네 사람들은 정말 복 받은 사람들이네요! 정말 부러
워요."

체험행사를 다 끝내고 버스에 오르던 회원 한 명이 내게 웃
으며 말했다.

실제로 성산이나 남원 등지에서는 가까운 곳에 어싱광장을

만들어 달라는 주민들의 민원이 쇄도해서 담당 직원들이 곤욕을 치르고 있다고 했다.

한 제주 시민은 제주시 연동에 위치한 한라수목원에 황토광장을 만들어 달라는 민원을 제주도 홈페이지 '도지사에 바란다'에 올렸다. 한라수목원에는 잔디광장이 있는데 그곳을 황토광장으로 만들면 잔디관리를 안 해도 되고 시민들 건강도 지킬 수 있지 않냐는 의견이었다.

이렇듯 어싱광장에 대한 사람들의 관심이 집중되다 보니 멀리서까지 어싱광장을 찾는 사람들이 많아졌다. 먼 거리에서 매일 어싱광장을 찾던 이용객 중 한 사람은 고민 끝에 결국 어싱광장 옆으로 이사를 오기도 했다.

황토 어싱광장이 알려지면서 TV 인터뷰 요청이 많아졌다

황토 어싱광장으로 벤치마킹을 온 제주시 공무원들

울산동구청장과 직원들에게
황토 어싱광장에 대해서 설명하고 있는 나

11

육지에서 온 손님,
그들과의 인연

다른 날과 마찬가지로 퇴근을 하고 어싱광장을 둘러보고
있을 때였다.

"혹시 여기 직원이십니까?"

두 명의 남자가 나에게 다가오며 물었다. 황토 어싱광장을
자주 이용하는 사람들은 나를 알고 먼저 인사하는 경우가 많
아서 단번에 외지에서 온 손님임을 알아차릴 수 있었다.

"예, 직원 맞습니다."

"아, 저는 맨발걷기국민운동본부 맨발걷기숲길힐링스쿨 서
울강동 지회장입니다."

"저는 하남시 지회장입니다."

소속된 협회 이름이 너무 길어서 자칫 이름을 놓칠 뻔하긴
했지만, 분명히 들리는 건 맨발걷기협회라는 것과 서울 지명
이었다.

"아! 육지에서 오셨군요."

"예, 오늘 아침 비행기로 왔습니다. 여기에 와보려고 일부러 온 겁니다."

"이렇게 먼 길을 와 주시다니 감사합니다."

"저…… 혹시 실례지만 김영철 녹지과장님을 만나려면 어떻게 해야 합니까? 혹시 연락처라도 좀 알 수 있을까요?"

나는 얼른 내 명함을 꺼내서 건네주었다.

"제가 바로 김영철입니다."

"아? 그러세요? 세상에! 꼭 뵙고 싶었는데 여기서 이렇게 뵙게 되는군요. 반갑습니다. 여기를 기획하고 만드신 분이라고 들었습니다."

나는 육지에까지 황토 어싱광장이 알려졌다는 사실이 놀라웠다. 나는 계족산 황톳길에서 아이디어를 얻었는데, 또 누군가는 이곳 황토 어싱광장에서 아이디어를 얻을 수도 있겠구나, 하는 생각이 들자 기쁘고 뿌듯했다.

황토 어싱광장이 전국 곳곳에 생긴다면 얼마나 기쁜 일이겠는가. 나는 서울에서 온 손님들과 어싱광장을 맨발로 걸으며 오래된 지인처럼 많은 이야기를 나누었다. 맨발걷기라는 공통 관심사가 우리를 금세 친숙하게 만들어놓은 것이다.

맨발걷기국민운동본부 서울강동 지회장과 하남시 지회장과 함께

12

서귀포시-가라쓰시 자매결연 30주년 기념 우정의 등나무

"안녕하십니까? 공원녹지과장 김영철입니다."

사무실로 걸려온 행정 전화를 받자마자 수화기 저편에서 귀에 익은 목소리가 들려왔다.

"과장님. 오랜만입니다. 김은경입니다."

일본교류를 담당하고 있는 자치행정과 김은경 주무관의 목소리였다.

"아, 오랜만입니다. 그동안 잘 지내셨습니까? 바쁘실 텐데 무슨 일로 전화를 주셨습니까?"

김은경 주무관은 일본어에 능통해서 오래전부터 일본과의 교류업무를 담당하고 있는 실력 있는 공무원이었다. 나도 예전에 일본어 공부를 했던 터라 가끔 소통하고 있었다.

"네. 이번에 일본 가라쓰시에서 시장님과 부시장님, 시의원 등 18명이 서귀포시와 가라쓰시 간에 자매결연 30주년 기념행사에 참석하기 위해서 서귀포시를 방문합니다."

"그렇군요."

"그런데 이번 행사 때 과장님의 도움이 좀 필요해요."

"예? 제 도움이요?"

"가라쓰시에서 이번 방문 때 가라쓰시의 꽃나무인 등나무를 기념 식수로 식재하고 싶다는 제안을 보내왔는데 등나무를 어디서 구할 수 있고, 어느 장소에 식재하면 좋을지 과장님 도움을 받고 싶습니다."

"그렇다면 당연히 도와야지요."

"과장님, 너무 감사합니다."

문제 해결을 위해서는 우선 기념 식수용 등나무를 구하는 것이 급선무였다. 나는 직원들에게 조경업체에 연락해서 식수용 등나무가 있는지 알아보도록 하였다. 하지만 기념 식수용 등나무를 확보하는 것이 생각보다 쉽지 않았다. 조경업체에서 보유하고 있는 등나무를 실물로 확인해보니 크기가 작아서 기념 식수로 사용하기에는 적합하지 않았다. 행사 날짜는 일주일 앞으로 다가오는데 등나무를 찾지 못했으니 행사를 준비하는 직원들은 걱정이 이만저만이 아니었다. 나와 공원팀장은 제주도 곳곳을 누비며 식재용 등나무를 찾아다녔다. 하지만 아무리 찾아도 우리가 원하는 등나무는 나타나지 않았다. 그러던 중 나에게 뜻밖의 기억 하나가 번뜩 떠올랐다. 지난해에 자구리공원을 순찰하던 나는 어린 등나무가 의지할 곳이 없어서 바닥 쪽으로 흐트러져 있는 것을 발견했다. 나는 당장 철물점으로 달려가서 철제 와이어를 구입한 후 등나무가 의지할 수 있도록 잘 받쳐주었다. 그 기억이 떠오른 나는 부리나케 공원팀장과 함께 자구리공원으로 향했다. 놀랍게도 그때의 어린 등나무는 곧게 잘 자라 있었다. 그야말로 우리가 애타게 찾고 있던 바로 그 크기의 등나무였다. 그렇게 해서 우리는 두 그루의 기념 식재용 등나무를 확보할 수 있었다. 등나무 꽃말이 '환영'을 뜻한다는 것을 나는 이번 기회를 통해 처음 알았다.

등나무를 구하고 나니 남은 것은 장소선정 문제였다. 공원팀장과 나는 장소선정을 위해 서귀포시에 있는 여러 공원을 찾아다녔지만, 적당한 장소를 찾지 못했다. 지친 나는 문득 숨골공원 잔디광장이 떠올랐다.

"혹시 숨골공원 잔디광장 입구에 하는 건 어떨까?"

"아, 그거 좋은 생각인데요! 왜 그 생각을 못 했을까요?"

공원팀장은 반색하며 말했다.

모든 준비를 마친 나는 김은경 주무관에게 현재 진행 상황을 설명했고, 김은경 주무관은 몹시 만족스러워했다.

"정말 수고 많으셨네요. 장소 선정도 좋아요."

결국, 그렇게 해서 황토 어싱광장이 내려다보이는 곳에 기념식수 등나무를 심기로 했다. 그곳 주변에는 동백나무와 벚나무가 있어서 등나무가 자란 후에도 잘 어울릴 것 같았다. 나는 둥글게 자라는 등나무의 특성을 살려서 등나무가 자연스럽게 뻗어 올라갈 수 있도록 폭 5m, 높이 3m 되는 철재 아치형 조형물을 설치해놓았다.

드디어 기념식 행사 날이 되었다. 나는 황토 어싱광장 개장식 때의 악몽이 떠올라서 오늘만큼은 아무런 문제 없이 행사가 순조롭게 잘 끝나기를 기도하는 마음으로 출근했다.

기념식은 10시였지만, 나는 아침 일찍 7시쯤 현장에 도착해서 행사장을 둘러보았다. 강한 바람은 아니었지만 바람이 불었고, 가랑비도 날리고 있었다. 나는 얼른 행사를 주관하는 자치행정과장에게 혹시 날씨 상황이 어떻게 변할지 모르니 천막을 미리 준비하는 것이 좋겠다고 일러주었다. 그러자 자치행정과장은 이미 다 준비해놓았다고 밝게 대답했다. 다행히 행사 시간이 되자 가랑비와 바람이 멈추고 날씨가 화창하게 개어서 나는 안도했다.

일본 가라쓰시 시장은 전날 행사를 마치고 급한 일정이 있어서 일본으로 돌아갔다. 그래서 가라쓰시 부시장과 시의회 의장, 서귀포시 오순문 시장님이 기념 식수 행사에서 삽을 들어 등나무 뿌리에 흙을 뿌려주면서 잘 자라라고 덕담을 남겼다.

기념식수 장소를 둘러본 오순문 시장님과 가라쓰시 부시장

일행은 좋은 장소를 선정했다며 극찬을 해주셔서 나는 내심 뿌듯했다.

"이제부터는 김영철 과장님께 마이크를 넘기겠습니다."
기념식수 행사를 마치고 갑자기 사회자가 말했다. 나는 엉겁결에 마이크를 받아 들고 순발력 있게 숨골공원과 황토 어싱광장에 대해서 설명했다. 간단한 인사말은 내가 직접 일본어로 말했고 전문용어는 김은경 주무관의 통역 도움을 받았다.
설명을 다 듣고 난 일본 시의회 의원과 공무원이 어싱광장에 직접 들어가서 체험해보고 싶다고 말했다. 나는 흔쾌히 일행을 안내하며 같이 신발을 벗고 황토 어싱광장으로 들어갔다. 황토 어싱을 체험한 일행들은 매우 만족스러워했다. 그들은 황토가 깔린 광장을 신기해하며 황토 구입과 조성작업 등에 관해 호기심을 갖고 자세히 물었다. 나는 그때마다 정성껏 대답해주었다. 그들은 맨발걷기가 일본에서는 아직 한국만큼 활성화되지 않았다고 했다. 나는 가라쓰시에도 시민들의 건강을 위한 황토 어싱광장이 만들어지길 기대한다고 말했다.
일본인들과 함께 어싱광장을 맨발로 걷다 보니 어느새 우리는 좋은 이웃이 되어 친근하고 편안하게 마음을 소통하고, 다정하게 기념사진을 찍고 있었다. 2년여 동안 정성껏 가꾼 황토 어싱광장이 국제적인 손님들을 맞이하는 장소가 된 것이 몹시 뿌듯하고 자랑스러웠다.

서귀포시-가라쓰시 자매결연 30주년 기념
숨골공원 내 등나무 식수(2024.11.15.)
(왼쪽부터 가라쓰시 시의회 의장, 가라쓰시 부시장, 서귀포시 오순문 시장)

어싱광장에서 맨발걷기 체험을 하는 가라쓰시 관계자와 나

13

정부혁신 우수사례 경진대회, 동상 수상의 영광

"다들 모여 봐."

"왜요? 무슨 일인데요?"

내가 공원관리팀 직원들을 불러 모으자, 직원들은 모두 회의 테이블에 모여 앉았다.

"이거 좀 봐. 행안부(행정안전부)에서 2023년 정부혁신 우수 사례를 공모한다는 공문이야."

나는 직원들에게 공문을 보여주면서 말했다.

"황토 어싱광장으로 응모하시려고요?"

"응. 어싱광장 홍보도 할 겸 응모해 보면 어떨까 싶은데."

"한번 해 보죠, 뭐. 그러면 준비 작업부터 시작해야겠네요."

"땡큐! 여러분. 너무 걱정하지 마세요. 공모자료는 내가 만들 테니까 여러분은 사진하고 보도자료들만 좀 챙겨주세요."

직원들 앞에서 호탕하게 말은 했지만 내심 그 많은 자료를 만들 생각을 하니 앞이 깜깜했다. 그래도 믿는 구석이 있다면 휴가였다. 마침 그다음 주에 휴가 일정이 잡혀 있어서 나는 휴가 기간을 이용해서 공모자료를 만들 심산이었다.

결국, 나는 휴가 기간 일주일을 계족산 황톳길 벤치마킹과 공모자료 만드는 데 모두 투자했다.

초기 자료를 만들고 사진과 보도자료 등을 사이 사이에 끼워 넣고 보니 그럴듯한 공모신청 자료가 완성되었다. 자료를 다듬고 또 다듬어서 최종 자료를 직원들과 공유하면서 보완하여 마침내 혁신사례에 과감히 도전 신청을 냈다.

어느 날, 점심 식사를 하고 난 후 나는 어싱광장에 가서 열심히 흙 고르기 작업을 하고 있었다. 엊그제 새로운 황토가 보충돼서 흙 고르기 작업을 더 신경 써야만 했다. 그런데 저쪽에서 김가현 주무관이 부리나케 뛰어오는 모습이 보였다. 어싱광장에서 흙 고르는 작업을 할 때는 핸드폰을 거의 한쪽 구석에 두기 때문에 전화벨이 울려도 듣지 못할 때가 많았다.

"무슨 일이야?"

김 주무관은 거친 숨을 몰아쉬며 말했다.

"과장님. 오늘 도청에서 연락이 왔는데 서류심사 무사히 통과했고, 전문가 심사도 통과해서 이제 국민 심사만 남았대요!"

"뭐? 정말이야!"

나는 너무 기뻐서 하마터면 흙이 묻은 손으로 직원을 덥석 잡을 뻔했다.

"국민 심사가 진행 중이면 우리도 홍보에 나서야 하는 거 아니야?"

"당연하죠! 벌써 다른 직원들은 가족들까지 동원해서 홍보 시작했어요."

"잘했어!"

국민 심사는 제주 도민들이 앱(application)에 들어가서 투표 하는 형식으로 진행됐다.

얼마 후, 직원들과 육지로 출장을 가서 저녁 식사를 하고 있는데 사무실 직원으로부터 전화가 걸려 왔다. 혹시라도 결 과가 나왔나 싶어서 나는 얼른 전화를 받았다.

"여보세요? 결과 나왔어?"

"과장님, 결과 어떻게 됐는지 궁금하시죠?"

"장난하지 말고 빨리 말해 봐. 궁금해 죽겠어."

"우리가 1등이래요! 제주도 17개 사례 중에서 1등요! 그래 서 곧 행안부에 제출된대요."

순간, 저 멀리서 파도가 밀려오듯 감동이 밀려왔다. 그동안 고생했던 순간들이 주마등처럼 지나가면서 함께 힘써 준 직 원들의 모습이 하나하나 떠올랐다.

"그동안 다들 고생했어. 오늘 저녁은 내가 쏠게."

"네! 감사합니다."

제주도 지역 예선에서 1등으로 선정된 '황토 어싱광장' 사례는 이후 전국 왕중왕전에 도전하게 되었다. 그로써 행정안전부에 제출된 우리의 사례는 전국에서 지역 예선을 통과한 600여 건 중 1차 심사에서 선정된 89건의 사례들과 국민 심사 경합을 벌이게 됐다.

국민 심사는 제주 도민 심사와 비슷하게 전 국민이 앱에 들어가서 투표하는 방식으로 진행됐다. 전국에서 동시에 시행되기 때문에 인구가 많은 지역이 자연히 유리할 수밖에 없었다. 상대적으로 인구가 적은 제주도에서 전국을 대상으로 경합을 벌여야 하는 나로서는 부담스러운 부분이 없지 않았다.

그래도 하는 데까지는 최선을 다해보고 싶었다. 나는 도청 관련 부서와 시청 전 부서에 연락해서 국민 심사에 관심을 가져주기를 부탁했다. 아내한테도 연락해서 아내가 근무하는 행안부 직원들에게도 홍보를 부탁했다. 공원녹지과 직원들은 제주도뿐만 아니라 육지에 사는 지인들까지 총동원해서 대대적인 홍보작전을 별쳤다.

드디어 마지막 심사 결과가 발표됐고, 우리 황토 어싱광장은 행정안전부 장관상인 동상을 수상하게 됐다. 최우수상과

우수상도 있었지만, 나는 동상을 받은 것만으로도 충분히 만족스러웠다.

'2023 정부혁신 우수사례 경진대회' 시상식은 부산 벡스코에서 열렸다. 우리 부서에서는 나와 실무 담당자였던 김가현 주무관이 참석했다. 제주도청 관련 부서 직원들도 행사에 참석했는데, 우리에게 꽃다발을 전해 주며 축하해 주었다. 상을 받고 기념사진을 찍으며 나는 가슴이 먹먹해질 만큼 감동이 밀려왔다. 나와 우리 부서 직원들의 땀 흘린 노력이 또 하나의 결실을 맺는 순간이었다.

정부혁신우수사례 경진대회 시상식에서 동상을 받는 모습

공원녹지과 직원들과 수상의 기쁨을 함께 나누며 찍은 기념사진

살면서 남을 위해 일할 수 있는 것은 보람, 그 이상의 행복
이다. 나에게는 '숨골공원 황토 어싱광장'을 만들기 위해 땀
흘렸던 지난 1년 동안의 시간이 그랬다. 시장님의 특명을 받
고 처음 아이디어를 짜낼 때부터 공사가 마무리될 때까지 한
순간도 긴장을 늦출 수 없는 시간이었다. 하지만 지나고 보
니 33년 직장생활 중에서 가장 의미 있고 소중한 시간이었던
것 같다. 마치 화가가 그림을 작품으로 남기듯, 숨골공원 황
토 어싱광장은 내 인생의 소중한 작품이었다.

　누군가 내게 물었다. 어떻게 빗물저류지를 활용해서 황토
광장을 만드는 발상의 전환을 할 수 있었느냐고. 아마 처음
이 일이 주어졌을 때, 평소의 나였다면 뭐든 최선을 다해서
성과를 내야 한다는 압박감으로 머리를 쥐어짜며 고심했을
것이다. 하지만 정년퇴직을 앞둔 나에게는 성과보다는 마지

막으로 뭔가 의미 있는 일을 하고 싶은 마음이 더 컸다. 그리고 이번 프로젝트가 그것을 할 수 있는 어쩌면 마지막 기회일 수도 있겠다는 생각이 들었다.

의미 있는 일이란 무엇일까? 굳이 내게 설명해 보라고 한다면 그것은 나 자신이 아닌 남을 위한 마음이 깃들어 있는 일이라고 말하고 싶다. 승진하기 위해 앞뒤 안 가리고 달려가는 것이나, 주식이나 부동산 투자를 열심히 해서 부를 축적하는 것도 어떤 사람에게는 의미 있는 일일 수도 있겠지만, 나는 그렇게 생각하지 않는다.

소방수가 위험한 불길 속을 한 생명을 살리기 위해 뛰어들듯이 우리 안에는 직업정신을 뛰어넘어 조물주가 심어준 선한 의로움이 있다. 그래서 물에 빠진 사람을 구하려고 누군가 물에 뛰어들기도 하고, 화재 속에서 먼저 대피하는 대신 이웃을 구하려고 소리치며 계단을 뛰어다니기도 한다. 우리는 그들을 의인이라고 부른다. 그 누구도 그들이 의미 있는 일을 했다는 사실에 대해서 부인하지 못한다. 알지도 못하는 타인을 위해 내 소중한 안전을 팽개치는 그들의 마음은 한 생명을 소중하게 여기는 불교의 자비심이며, 기독교에서 예수님이 그토록 사람들에게 가르치고 싶어 했던 바로 그 사랑이 아닐까. 나는 기독교인은 아니지만, 예수님이 말하는 이웃을 내 몸처럼 사랑하라고 할 때 그 사랑이 얼마나 고귀한 것인지는 안다.

나는 오랜 세월 동안 오로지 한길만을 바라보며 달려왔다. 사무관이 되기 전에 외국어 공부를 하기 위해 뒤늦게 한국방송통신대학교 일본학과에 편입학해서 밤낮으로 열심히 공부했다. 그 후에는 대학원 공부를 하느라 쉴 틈이 없었다. 남들이 보면 성실하고 부지런하게 살아온 삶이지만, 한번 무언가를 잡으면 성취할 때까지 놓지 않는 나의 오랜 습성은 나를 늘 숨 가쁘게 만들었다. 물론 그로 인해 얻은 것도 많지만, 그 때문에 나는 오랫동안 일벌레처럼 무미건조하고 피곤하게 살아왔다. 이제 정년퇴직을 앞두고 나의 삶을 돌아보니 좀 더 여유 있게 살지 못한 것이 아쉽기도 하다.

그러던 중에 숨골공원 황토 어싱광장 업무가 내게 주어졌다. 업무가 주어진 만큼 나는 잘해 내고 싶었다. 기획안이 통과되어 공사가 시작됐을 때, 나의 모든 시간을 갈아 넣듯이 열심히 일해서 황토 어싱광장을 만들어 냈다. 그 과정에서 몸이 피곤할 때는 있었지만 심적으로 피곤한 적은 없었다. 그 이유는 공무원으로서의 사명감과 책임감, 그리고 지역주민과의 진솔한 소통에서 얻은 보람이 있었기 때문이다. 황토 어싱광장의 흙 하나를 선택하고 고르는 일에도 나는 내 집을 짓듯이 모든 정성을 쏟아부었다. 세척 솔을 설치할 때도 수도꼭지를 샤워기로 바꿀 때도 나는 세심하게 정성을 쏟았다. 누가 시켜서 할 수 있는 일은 아니었다. 그 정성은 오로지 황토 어싱광장을 이용하는 사람들을 위하는 순수한 마음에서 흘러나왔다. 아무도 알아주지 않아도 나는 사람들이 편하게 사용하는 모습을 바라보면서 이미 충분히 만족스러웠다. 나는 그것을 감히 내 인생에서 의미 있는 일이었으며, 이웃 사랑의 한 조각이었노라고 말하고 싶다. 그리고 나는 이런 나의 마음을 내 뒤에 어싱광장을 맡게 될 후임자에게 업무 인계를 할 때 함께 전해 주고 싶다.

어싱광장을 통해서 사람들이 치유를 받듯이 나도 어싱광장을 통해서 마음의 치유를 받았다. 이 일이 없었다면 나는 마지막 공직생활을 마무리하면서 얼마나 허전했을까. 많은 사람이 정년퇴직하면서 그동안의 삶이 덧없었다고 느끼며 우울해진다고 한다. 어싱광장은 그런 면에서 나의 33년의 직장생활이 만들어준 가장 큰 선물이며 훈장인 셈이다. 어싱광장을 이용하면서 점점 건강이 회복되는 이용사들을 지켜보는 일은 진급이나 상을 받았을 때와는 차원이 다른 감동 없은 성취감을 내게 안겨주었다. 그 순간, 나는 가슴 벅차도록 살아 있음을 느낄 수 있었다.

발상의 전환은 남과 똑같은 관점에 서 있을 때 나오는 것이 아니라 뭔가 남이 가보지 않는 길로 용기 있게 첫걸음 내디딜 때, 그때부터 시작되는 것이다. 나의 뒤를 이어 아들도 공직의 길에 들어섰다. 나는 이제 인생을 새롭게 시작하는 아들에게 말해주고 싶다. 남의 눈치 보지 말고 너 자신에게 의미 있는 삶을 살아가라고. 시민의 마음을 헤아리면서 공직생활을 처음 시작했을 때의 그 초심을 잃지 않으면 퇴직할 때 자신에게 부끄럽지 않은 사람이 되어 있을 거라고.

『백년을 살아보니』의 저자 김형석 교수는 말했다.

"사과나무를 키우면 제일 소중한 시기는 열매를 맺을 때입니다. 그게 60세부터입니다. 나는 늘 인생의 사회적 가치는 60세부터 온다고 말합니다."

이제 정년퇴직을 앞두고 보니 그의 말이 다시 크게 와닿는다. 백세시대를 사는 나는 이제부터 새로운 마라톤을 시작하는 출발선에 서 있는 셈이다. 33년간의 공직생활에서 쌓은 경험을 마음껏 사회를 위해 쓰기에는 이보다 더 좋은 시기는 없을 것 같다.

김형석 교수는 "10년이나 50년 후에는 이런 국가와 사회가 되었으면 좋겠다는 소원이 있다면 그것이 누군가의 꿈이 될 수 있다"라고 말했다. 그렇게 생각하면 나에게는 분명히 꿈이 있다. 어싱광장에서 나의 손을 잡고 고맙다며 눈가가 촉촉해지던 그분들의 얼굴은 나의 마음속 깊이 간직돼 있다. 그분들의 신뢰에 보답하듯 많은 사람의 건강을 지키는 일은 나에게 이제 꿈이 되었다. 어싱광장을 통해서 얻었던 보람과 성취감을 이 세상 어디에든지 민들레 홀씨처럼 뿌리고 전할 수 있다면 얼마나 행복한 일인가.

"사람은 성장하는 동안 늙지 않는다"라는 백 세 철학자의 말이 지금 나의 맘속에 희망의 서곡처럼 울려 퍼진다.

어싱광장 홍보 조형물

흰 눈이 쌓인 황토 어싱광장을 맨발로 걷는 것은
또 다른 정취가 있다.

김가현 _서귀포시청 주무관

과장님께서 『어싱광장에서 만난 사람들』
이란 책을 쓰고 있다는 소식을 듣고 매우
궁금했습니다. 2023년 1월부터 1년 동안
과장님과 함께 황토 어싱광장을 조성하는
데 조력했던 저로서는 어떤 이야기들이 담겼을지 기대가 됐
습니다.

과장님으로부터 원고 초안을 받자마자 시간 가는 줄 모르
고 단숨에 읽어내려갔습니다. 원고를 읽으면 읽을수록 눈을
뗄 수가 없을 만큼 흥미롭고 놀라웠습니다. 어싱광장을 만드
는 과정이 정확하게 잘 설명되어 있었고, 특히 그 당시 직원
들과 주고받았던 대화와 사람들의 표정까지 실감 나게 잘 담
겨있었기 때문입니다.

2023년 7월 3일, 황토 어싱광장 개장식은 저도 결코 잊을
수 없는 날입니다. 이런저런 긴박한 사건들이 너무 많았기
때문입니다. 개장식을 준비할 때 과장님은 그 전에 다친 다
리가 회복되지 않아서 다리에 깁스를 하고 계셨습니다. 목발
을 짚고 다니면서도 과장님은 모든 긴급상황을 빠르게 처리

하셨습니다. 빠른 회복을 위해서는 충분한 휴식을 취해야 했음에도 불구하고 과장님은 한시도 쉬지 않고 어싱광장 일에 전념하셨습니다. 그러다 보니 다리 회복이 더딘 것 같았습니다. 개장식 날에는 깁스를 풀어 던지고 아픈 발로 황토를 밟으러 씩씩하게 앞서 걸어나가셨습니다. 걷고 나서 발은 퉁퉁 부었지만, 과장님의 표정은 세상을 다 얻은 듯한 행복한 표정이었던 것이 지금도 기억에 남습니다.

이 책은 과장님이 어싱광장을 만들어가면서 겪었던 모든 일과 경험이 고스란히 담겨있는 소중하고 값진 보물상자 같습니다. 사회 초년생인 저는 이 책을 읽고 나서 앞으로 남은 공직생활을 어떻게 해나가야 할 것인가를 배웠습니다. 그리고 추진하던 일이 어려움에 봉착했을 때 어떻게 헤쳐나갈 것인지 지혜와 용기를 얻을 수 있었습니다. 이 순간 과장님께 존경의 마음을 보내며 함께 일하는 동안 정말 감사했다는 마음을 전하고 싶습니다.

김수범 _아들

어린 시절 아버지의 모습을 떠올려 보면, 밤 9시 넘어서 집 밖에 뚜벅뚜벅 울리던 구두 소리와 가끔은 얼큰하게 붉어진 얼굴로 제 얼굴에 입맞춤을 하시던 게 기억에 남습니다. 가장으로서 늘 우리 집의 든든한 버팀목이 되어주신 아버지. 아버지는 가끔 저에게 무용담처럼 도로를 깔고 태풍이 올 때 민간인 구조 활동을 하셨던 얘기를 해주셨습니다. 철없는 아들은 이제야 그 모든 일의 의미를 조금이나마 짐작해봅니다.

어느 날 아버지는 활짝 웃는 표정으로 저에게 어싱이 뭔지 아냐고 물어보셨습니다. 저는 으레 제주도 사투리겠거니 싶었지만 아버지의 반응은 달랐습니다. 그때 아버지의 눈은 다시 십 대로 돌아가 꿈을 꾸듯 빛나고 있었습니다. 저는 천천히 아버지의 이야기를 경청하며 상상해보았습니다. 황토로 가득 차 있는 광장을. 그곳을 직접 보기 전까지는 상상하기가 어려웠지만, 직접 가서 밟고 즐겨 본 광장은 아버지의 꿈꾸는 눈빛을 납득할 수 있게 해주었습니다.

누구나 창의적인 생각을 할 수 있지만 거기서 멈추지 않고 실행에 옮기는 것은 또 다른 문제입니다. 건강을 위해 맨발 걷기가 좋다, 그러므로 황톳길을 만들어야 한다는 생각은 단편적입니다. 그러나 방치되다시피 한 빗물저류지 전체에 황토를 깔아 시민들 모두가 힐링할 수 있는 광장으로 탈바꿈시키는 것은 창의적인 생각과 실행력의 산물입니다. 아직도 틈만 나면 광장에 흙을 다지러 가야 한다며 밝게 웃으시며 주말에도 나서는 아버지를 보면 참 느끼는 게 많습니다.

독자분들도 혹시나 서귀포를 찾게 되신다면 따뜻한 이야기 가득 품고 있는 어싱광장에서 어싱 한번 해보시면 어떠실까요? 또 모르죠, 여전히 아버지께서 쇠갈퀴를 들고 온 동네 분들과 곰살맞게 수다를 떨고 계실지도요. '어싱 과장' 아버지의 첫 책 발간을 진심으로 축하드리고 사랑합니다!

아들 수범 올림

김주원 _딸

아빠는 33년의 공직생활을 마무리하면서 마지막 시간을 가족들과 여유롭게 지내도 될 법한데, 오히려 어싱광장을 만들면서 더욱 바빠졌습니다. 그런데도 아빠의 얼굴에는 피곤함보다 기대와 설렘이 가득했습니다. 틈만 나면 어싱광장으로 달려가는 아빠를 보며 어느 때는 어싱광장에 아빠를 빼앗긴 것 같은 허전한 마음이 들 때도 있었습니다. 하지만 어싱광장이 완성되고 나서 그곳을 이용하는 사람들의 행복한 표정을 보면서 아버지가 옳았다는 것을 알았습니다. 그리고 끝까지 뚝심 있게 책임을 완수한 아빠가 자랑스러웠습니다.

어싱광장은 아빠가 공직에서의 긴 여정을 잘 마무리하고, 새로운 시작을 꿈꾸게 해준 특별한 선물입니다. 어싱광장에는 아빠가 시민들과 나눈 따뜻한 대화와 사람 사는 이야기가 차곡차곡 쌓여 있습니다. 이 소중한 순간들이 담긴 첫 책이 세상에 나오게 되어 진심으로 축하드립니다. 아빠의 끊임없는 열정과 사람을 향한 따뜻한 마음을 존경하고 사랑합니다.

이영미 _아내

책의 한 페이지를 넘길 때마다 남편이 살아온 33년의 공직 생활의 과정과 어싱광장에 쏟았던 열정의 시간이 주마등처럼 지나갑니다. 언제나 사람을 생각하고, 자연과 조화를 이루려는 남편의 진심은 어싱광장 안에 고스란히 응집되어 있습니다.

숨골공원 황토 어싱광장을 찾아오는 이들이 남편과의 인연 속에서 몸과 마음을 치유해 가는 모습은 저에게도 큰 울림이 됩니다. 사실 어싱광장을 통해 가장 많이 달라진 사람은 바로 저와 남편입니다. 토목직 공무원으로 일해온 남편과 행정직 공무원인 제가 머리를 맞대고 고민하면서 정성을 쏟았던 이 공간은 우리 부부에게 특별한 의미가 있습니다. 주말마다 남편과 어싱광장을 걸으며 쉬지 않고 아이디어를 나누던 시간은 우리 부부에게 부부애보다 끈끈한 동지애와 활력을 선물해주었습니다. 정부혁신우수사례 공모전 참가, 편의시설 설치, 사진공모전까지 이 모든 계획은 남편의 치열한 고민과 노력 끝에 탄생한 결과물입니다. 작년 여름에는 가족 휴가를 계족산으로 벤치마킹하러 가자는 남편의 제안을 흔쾌히 수락한 것도 남편의 열정을 누구보다 잘 알고 있었기 때문입니다. 그렇게 해서 어싱광장의 작은 세척솔 하나까지 정성스럽게 다듬어서 마련됐습니다.

어싱광장을 시작하면서 남편의 모든 관심은 '어떻게 하면 시민들의 건강과 쉼을 위해 더 편안한 환경을 조성할 수 있을까'하는 것이었습니다. 그렇게 앞만 보고 달려가는 남편의 모습을 가까이에서 지켜보며 저 역시 많은 것을 배웠습니다. 어싱광장을 찾아와 기적 같은 이야기를 전해주신 시민 한 분 한 분이, 남편과 저에게는 그 어떤 것보다 값진 선물이 되었습니다. 이 책이 건강을 찾아가는 모두에게 작은 위로와 영감을 선사하길 바랍니다.

맨발걷기로
몸과 마음의 건강을 찾는 길

— 권택환(대구교육대학교 교수/대한민국맨발학교 교장)

우리는 모두 자연에서 태어난다. 그래서 자연을 멀리하면서 건강하고 행복하게 살기는 어렵다. 문화인류학적으로도 우리는 걸어야 한다. 움직임은 선택이 아니고 필수이다. 우리는 걸어서 살아남았고, 걸을 수 있을 때 행복한 유전인자를 가지고 태어났다. 걷기를 통해 햇빛과 바람과 흙을 만나면서 많이 움직일 수 있게 된다. 걷기에 맨발을 더하면 자연을 온전히 만날 수 있다. 이왕 걷는다면 맨발로 걸으면 더 좋다. 맨발로 땅과 접하면 인간은 지구와 하나가 되고 저절로 자연과 친해지고 마음의 힘이 회복된다.

맨발걷기의 핵심은 뇌 감각을 깨우는 것이다. 맨발걷기를 하면 가장 덕을 보는 곳은 '뇌'다. 인간은 뇌과학이 발달하면서 발과 뇌는 밀접한 관련이 있음을 알게 되었다. 발바닥의 자극은 오장육부와 연결되고 뇌 자극과 연결된다. 양말과 신발을 벗고 맨발로 맨땅을 걸으면 발바닥이 더 자극된다. 발바닥에도 손 못지않게 감각수용체가 발달되어 있음은 널리 알려진 사실이다. 맨발걷기를 처음 경험한 사람들은 제각각 시원하다, 따끔따끔하다 등 다양한 느낌을 받는다고 말한다. 맨발걷기는 발바닥 감각을 자극하여 뇌 감각이 깨어나도록 도와준다. 발과 뇌의 교류감각이 활발해져 뇌 기능이 촉진된다. 발바닥 자극으로 기억력과 암기력이 개선되고 치매 예방에도 큰 도움이 된다. 뇌 감각뿐 아니라 몸의 균형감각도 좋아진다. 맨발로 걸으면 뇌가 유연해진다. 맨발걷기를 하면 일상에서 잘 쓰지 않던 근육을 쓰면서 뇌에는 새로운 회로가 만들어진다. 경험해 보지 못한 발바닥의 새로운 자극으로 뇌가 유연해진다. 실제로 맨발걷기를 하다 보면 고정관념에 갇혀 풀리지 않던 문제의 새로운 해결책이 떠오르기도 한다.

맨발로 걷다 보면 뇌가 정화되어 행복감을 느낀다. 화가 났을 때 무작정 걷다 보면 화도 풀리고 피해 의식도 없어진다. 뇌 속에 쌓인 부정적인 정보가 씻겨나간다. 뇌가 정화되면서 자신을 바라보는 힘이 길러지고 긍정적인 것을 선택하는 힘이 길러진다. 맨발로 걸으면 신발을 신었을 때보다 혈액의 흐름이 좋아져 뇌에 전달되는 산소량이 증가되어 뇌의 정화가 더 빨리 이루어진다. 척추 안의 척수액 흐름이 활발해져 뇌 속에서 세로토닌이 더 많이 분비된다. 맨발로 걸으면 행복감을 더 느끼는 이유이다.

맨발걷기는 왼발, 오른발의 균형적인 자극으로 좌, 우뇌가 통합된다. 신발은 발의 뼈와 관절을 제대로 움직이지 못하게 한다. 발바닥에 전해지는 순수한 자극이 뇌로 잘 전달되지 못한다. 맨발로 걷다 보면 왼쪽 발바닥과 오른쪽 발바닥이 공평하게 자극을 받는다. 뇌로 전달된 좌 · 우 발바닥의 균형적인 자극은 뇌를 조화롭고 균형 있는 상태로 만든다. 좌 · 우뇌의 균형이 이루어지면 새로운 아이디어와 창의력이 더 샘솟는다. 무한한 잠재력이 깨어난다.

맨발걷기는 흙을 만나면서 면역력을 기를 수 있다. 호모 사피엔스는 오랜 세월 흙 위에서 살았고 흙에서 나는 것을 먹으며 살아왔다. 현대 인류는 도시 문명의 발달로 흙과 멀어지면서 면역력과 관련된 여러 가지 질병에 오히려 더 쉽게 노출되어 있다. 흙은 더럽다고 생각하고 몸에 흙이 조금이라도 묻으면 놀란 듯이 털어낸다. 하지만 우리는 흙을 통해 다양한 세균과 접한다. 우리의 면역계는 다양한 세균과 접촉하며 유용한 세균을 가려내는 학습을 한다. 그렇지 못한 면역계는 외부 자극에 민감하게 반응하여 아토피, 천식 등의 질환을 종종 야기한다. 다양한 세균에 적당히 노출된 사람이 오히려 알레르기성 질환에 더 안전하다. 따라서 흙을 만나는 일은 중요하다. 손으로 만나든 발로 만나든 상관없다. 흙장난을 해도 되고, 마당의 풀을 뽑아도 되고, 땅에 꽃과 나무를 심어도 된다. 해변가 모래찜질처럼 온몸으로 만나도 좋다. 맨발걷기를 권할 때 자주 듣는 말 중 하나가 "흙은 더럽지 않나요?"이다. 흙은 더럽지도 위험하지도 않다. 흙에 대한 생각을 바꾸어야 한다. 자연 속에서 인간과 흙은 자연스럽게 공존하며 살아왔다. 바람이 불며 공기가 순환하고, 비가 먼지를 씻기고, 햇빛이 소독해 준다. 볕 좋은 날 말린 뽀송뽀송하고 상쾌한 이불처럼 흙도 그렇게 씻기고 말려진다.

맨발걷기는 접지를 통해 자유전자를 얻을 수 있다. 만병의 근원이라는 활성산소는 맨발걷기를 하면 자연스럽게 없어진다. 맨발걷기를 꼭 해야 할 이유다. 맨발을 땅에 갖다 대는 접지(earthing, 어싱)를 하는 순간 땅속 자유전자(自由電子)가 들어와 체내의 양전하를 띤 활성산소를 중화시켜 준다. 활성산소가 들어오면 우리 몸은 그것을 중화시키는 능력이 있다. 자연치유력이다. 하지만 나이가 들면 몸의 항산화 시스템이 젊었을 때처럼 작동하지 않아 산화되기 쉽다. 넘쳐나는 활성산소를 배출해야 한다. 맨발로 땅을 밟으면 몸속의 활성산소가 땅속의 자유전자와 만나서 줄어든다. 땅속의 자유전자는 그야말로 자연이 주는 항산화 식품이다. 자연의 선물인 자유전자를 받으려면 맨발로 땅을 찾아야 한다. 자유전자를 만나는 접지를 통해 우리 몸에 들어와 엉켜 있던 적혈구를 하나하나 떨어뜨려 혈액의 점도를 낮추어 심혈관계 질환을 개선시켜 주기도 한다. 당연히 세포 재생도 빠르게 이루어진다. 발목 통증, 무릎 통증이 있을 때 맨땅과 접지하면 염증이 개선되는 효과를 볼 수 있다.

맨발걷기의 가장 좋은 방법은 신발과 양말을 벗고 그냥 걸으면 된다. 맨발걷기를 어렵게만 생각하고 뭔가 준비를 해야 한다고 고민하면 시작을 할 수가 없다. 맨발걷기에는 반드시 이렇게 걸어야 한다는 원칙이 없다.

"눈은 항상 앞을 보고, 시선은 멀리 두고 걸어라."

이런 정보들이 오히려 맨발걷기를 방해하기도 한다. 산에 가서 이렇게 걷다가는 발을 다칠 수도 있다. 평평한 운동장이면 허리를 펴고 팔도 힘차게 흔들고 때에 따라서는 뒤꿈치를 들고 걸어도 좋다. 그러나 경사진 산길이나 어두운 곳에서는 조심해야 한다. 결국 상황에 맞게 안전하게 걷다 보면 자신만의 감각을 기를 수 있다. 자신의 몸에 관심을 가지고 걸으면 된다.

맨발걷기는 가능하면 매일 하는 것이 가장 좋다. 흙 속의 좋은 박테리아를 매일 만나는 것이 좋다. 그날 생긴 몸속의 활성산소를 맨발걷기를 통해 즉시 빼주는 것이 좋다. 눈을 뜨고 숨을 쉬고 하루를 보내는 동안 우리 몸에는 활성산소가 생기기 마련이다. 몸속에서 정전기도 발생한다. 그날 생긴 쓰레기는 미루지 말고 치워야 집 안이 깨끗한 것처럼 그날 생긴 독소는 바로 빼주어야 한다. 맨발학교에서는 매일 맨발걷기 실천을 권장한다. 맨발걷기를 매일 하는 사람은 얼굴이 환해지는 것을 느낄 수 있다. 매일 걷는 것이 가장 좋고, 안 되면 일주일에 3~4회, 그것도 안 되면 주말이라도 꼭 걸어보면 된다. '가능하면 매일 걷는다', 이것이 최고의 맨발걷기 방법이고 내가 매일 걷는 이유이기도 하다.

맨발걷기를 어디서 하면 좋을까? 직접 경험하고 또 여러 책을 살펴본 결과 마사토를 걷든, 황토를 걷든, 바닷가 모래를 걷든 맨발걷기의 효과를 다 볼 수 있다. 어느 흙이 더 좋다고 말할 수 없다. 뇌 감각이 깨어나고, 면역력이 높아지고, 몸속 활성산소와 정전기가 줄어드는 데 다 좋다. 모든 땅에는 그 땅만의 장점이 있다. 접지 효과 측면에서 보면 몸속의 활성산소를 잘 빼주는 바닷가 모래가 좋고 뇌 감각을 깨워서 치매를 예방하는 데는 마사토가 좋다. 흙 속의 좋은 박테리아와 상호작용을 하는 데는 황토가 최고이다. 집주변에서 적절한 맨발걷기 장소를 찾는 일은 쉽지 않다. 맨발걷기에 가장 좋은 곳으로 학교 운동장을 추천한다. 학교 운동장은 초보자가 가장 쉽고 안전하게 접근할 수 있는 맨발걷기 장소이다. 단 인조잔디가 아닌 흙이 있는 운동장이어야 한다. 운동장은 평평하고, 깨끗하고, 병 조각과 같은 위험 물질이 거의 없다. 특히 흙이 더럽다고 생각되거나 찔리는 것이 걱정된다면 운동장에서 맨발걷기를 시작하면 좋다. 모든 사람에게 적용되는 최적의 맨발걷기 장소는 따로 없다. 자신의 몸에, 상황에 맞게 장소를 정하고 몸과 대화를 하면서 여유 있게 걷는 것이 중요하다. 내가 오늘 걸은 이 곳이 가장 좋은 흙이라고 여기며 감사한 마음으로 걸으면 된다.

어느 정도를, 어떤 속도로 걸어야 할까? 최소 40분을 걸으면 좋다. 맨발걷기로 발바닥의 자극이 내장 기관에 어느 정도 전달되려면 적어도 40분이 필요하기 때문이다. 40분이 지나면 긍정적인 변화를 몸으로 느낄 수 있다. 5분을 걸어도 안 한 것보다는 낫다. 10분을 걸어도 좋다. 하지만 이왕 맨발로 땅을 찾아갔다면 최소 40분을 걷기를 권한다. 최소 40분을 권하지만 1시간이면 좋고 100분이면 더 좋다. 꾸준히 걷다 보면 자연스럽게 1시간이 되고 2시간이 되기도 한다. 현대인은 바쁘기에 최소 40분으로 안내하지만 하루 1시간 이상 꾸준히 걸으면 자신의 몸이 좋아지는 것을 느낄 수 있다. 맨발걷기에서 중요한 것은 걸음 수보다 땅과 만나는 시간(접지 시간)이다. 그래서 '몇 보 걸었다'보다 '몇 분 걸었다'가 더 중요하다. 접지 효과 때문이다. 맨땅을 맨발로 걸으면 땅속의 자유전자를 만나고, 흙 속의 유익균을 만나고, 햇빛과 공기를 만난다. 최소 40분을 해야 하는 또 하나의 이유는 땅속의 자유전자가 우리 몸과 충분히 상호작용을 하려면 시간이 필요하기 때문이다.

누구에게나 적용되는 맨발걷기 속도는 없다. 할머니는 뛰고 싶어도 천천히 걷고 아이들은 주로 뛰어다닌다. 족저근막염, 허리 디스크, 목 디스크,

무릎 통증이 있으면 더 천천히 걸어야 한다. 천천히 한 걸음 한 걸음 정성껏 걷다 보면 저절로 자기만의 걸음법을 체득할 수 있게 된다.

신발만 벗는다고 맨발걷기가 아닐 수 있다. 자연을 받아들이는 겸손한 마음이 필요하다. 나를 돌아보고 자연에 감사하며 걷는 것이 대한민국 맨발학교가 꿈꾸는 맨발걷기 문화이다.

맨발걷기로 몸의 건강이 어느 정도 회복되면 첫걸음의 겸손함을 잊어버리기 쉽다. 맨발을 내려놓을 때마다 내 발을 받아준 땅에 감사를 드린다. 맨발로 만난 해와 달, 바람과 별, 꽃과 나무에게도 감사의 마음을 잊지 않는다. 맨발걷기를 하고 나서 돌아오면 물로 깨끗이 씻고 닦아주면서 가장 낮은 곳에서 나를 받쳐준 발에게 감사의 마음을 전한다.

"고맙다, 내 발아. 내일도 잘 부탁한다"라고.

맨발걷기의 효능과 방법에 대해 정리하여 보았다. 이렇게 몸에 좋은 맨발걷기니까 오늘부터 열심히 해 보겠어, 라고 굳게 다짐하고 너무 열심히 하면 오히려 부담스러울 수 있다. 마음이 부담스러우면 몸도 부담스럽다. 운동을 하는 시간 자체가 즐겁고 좋아야 한다. 그 시간이 힘들고 싫으면 스트레스가 함께 생기고 그 시간이 행복하면 행복호르몬이 나온다. 맨발걷기도 마찬가지다. 즐겁게 하려면 감사한 마음으로 해야 하는 것이 먼저다. 맨발로 맨땅을 밟는 것이 맨발걷기이지만 힘들게 걷기만 해서는 안 된다. 맨발로 걷는 동안 숲의 새소리도 듣고 하늘도 바라봐야 한다. 여유 있는 마음이 필요하다. 하늘에 감사하고 우주 만물에 감사하고 내 안의 자연치유력에도 감사해야 한다. 감사함을 담아 맨발로 걸으면서 천천히 숨을 내쉬고 들이쉰다. 그 순간 우리 몸에는 공기만 들어오는 것이 아니라 생명의 에너지(生氣)가 함께 들어온다. 그 생명의 에너지로 우리는 건강할 수 있다. 맨발걷기는 발을 맨땅에 닿으며 걷는 단순한 행위이지만 맨발걷기를 통해 우리는 지구의 생명력과 소통한다. 맨발걷기는 단순한 발 자극을 넘어서 우주의 생명 에너지를 받아들이는 소중한 시간이 될 것이다.

전국 최초 황토 어싱광장 서귀포의 명물, 숨골공원 황토 어싱광장을 만든 뚝심의 이야기

권선복(도서출판 행복에너지 대표이사)

제주도 서귀포시에는 아주 특별한 장소가 있습니다. 바로 서귀포시 숨골공원 빗물저류지에 조성된 황토 어싱광장입니다.

어싱(Earthing)이라고도 불리는 맨발걷기는 건강에 좋다고 알려져 최근 큰 인기를 얻고 있습니다.

김영철 공원녹지과장은 전국 최하위였던 서귀포시민들의 건강지표를 끌어올리기 위해 평상시 활용도가 낮은 빗물저류지를 어싱광장으로 만드는 작업에 온 힘을 쏟았습니다. 이 책에는 황토 어싱광장이 만들어지기까지의 과정과 시민들의 체험 이야기가 잘 담겨 있습니다. 특히 이 책은 공무원이 가져야 할 자세와 관점에 대해 좋은 귀감이 되어 줄 것입니다.

이 책을 만드는 데에는 저자와 같은 공직의 길을 걷고 있는 부인 이영미 여사와 가족들의 적극적인 참여와 도움이 있었습니다. 이 자리를 빌려 깊은 감사를 드립니다.

강한 책임감으로 퇴직하기 직전까지도 직접 쇠갈퀴를 들고 매일 황토 고르는 작업을 한 김영철 저자. 그에게 퇴직 후 새로운 인생길에서 그의 탁월한 능력이 빛나는 새로운 보람이 찾아오길 기대해 봅니다.

'행복에너지'의 해피 대한민국 프로젝트!

<모교 책 보내기 운동> <군부대 책 보내기 운동>

한 권의 책은 한 사람의 인생을 바꾸는 힘을 가지고 있습니다. 한 사람의 인생이 바뀌면 한 나라의 국운이 바뀝니다. 그럼에도 불구하고 많은 학교의 도서관이 가난하며 나라를 지키는 군인들은 사회와 단절되어 자기계발을 하기 어렵습니다. 저희 행복에너지에서는 베스트셀러와 각종 기관에서 우수도서로 선정된 도서를 중심으로 <모교 책 보내기 운동>과 <군부대 책 보내기 운동>을 펼치고 있습니다. 책을 제공해 주시면 수요기관에서 감사장과 함께 기부금 영수증을 받을 수 있어 좋은 일에 따르는 적절한 세액 공제의 혜택도 뒤따르게 됩니다. 대한민국의 미래, 젊은이들에게 좋은 책을 보내주십시오. 독자 여러분의 자랑스러운 모교와 군부대에 보내진 한 권의 책은 더 크게 성장할 대한민국의 발판이 될 것입니다.